Endlich 18! Und jetzt?

Der Lebenskompass für mehr Selbstverantwortung und Orientierung als Geschenk zum 18. Geburtstag.

1. Auflage

ISBN: 9798585306655

Inhaltsverzeichnis

Über dieses Buch

Die Jahre vor dem 18. Geburtstag fühlen sich oft an, als befändest du dich im Wartemodus auf das echte Leben. Es soll endlich losgehen.

So vieles darfst du mit 18 endlich! So viele spannende Veränderungen stehen an: der lang ersehnte Führerschein, der erste Auszug, die Ausbildung oder das Studium. Du darfst endlich wählen und, jawohl legal Alkohol trinken.

All das ist nicht nur bereichernd, sondern kann dich manchmal auch ziemlich erschlagen und überfordern. In deiner Kindheit und Jugend hast du dich bestimmt oft an anderen orientiert. Gemacht, was deine Freunde taten, dich von Vorbildern inspirieren lassen und dich einfach ausprobiert.

Und ganz plötzlich (manchmal gefühlt fast über Nacht) bist du in einer völlig anderen Lebensphase angekommen.

Die Schulzeit ist vorbei, die unbeschwerte Jugend ebenfalls und plötzlich wird von dir erwartet, dein zukünftiges Leben durchgeplant zu haben (planungstechnisch schon voll in der Tasche zu haben). Was willst du beruflich machen? Wie und wo willst du wohnen und für dich selbst sorgen? Dir geht auf, dass dich die Schule auf solche Fragen nicht wirklich vorbereitet hat.

Du möchtest wahrscheinlich gute Entscheidungen treffen, aber auch Fehler machen dürfen und nicht von 0 auf 100 erwachsen werden müssen. Welcher Weg ist der richtige für dich? Wenn du ihn noch nicht gefunden hast (und mal ehrlich, wer hat das schon mit 18 Jahren?!) steht dir eine Zeit voller Höhen und Tiefen bevor.

Keine Sorge, du musst nicht sofort alles können und wissen! Und du bist auch nicht allein mit all den neuen Pflichten und Möglichkeiten.

Genau für dich wurde dieses Buch geschrieben! Du kannst dich beim Lesen immer wieder fragen: Wo stehst du bei den einzelnen Themen, die im Buch erarbeitet werden? Wo hast du noch Aufholbedarf? Entweder du arbeitest die Kapitel nach und nach ab. Aber natürlich kannst du dir auch immer wieder einzelne Themen heraussuchen, die gerade aktuell bei dir sind.

> Nachdem du das Buch durchgearbeitet hast, fühlst du dich garantiert schon viel sicherer und hast erste Ideen, wo dein Leben hinführen soll.

Das erwartet dich

Mit diesem Ratgeber hast du eine hilfreiche Sammlung zur Hand, in der du alles Wissenswerte nachlesen kannst. Dabei sind es aber **keine trockenen und rein informativen Texte, die du wie in der Schule abarbeiten musst.**

Das Buch ist eher ein Arbeitsbuch, das du für dich (be)nutzen kannst. In den einzelnen Kapiteln findest du immer wieder Checklisten, Do's & Dont's, Einschätzungs-Tests und Alltagstipps. So kannst du ganz einfach und sogar mit Spaß herausfinden, was dich weiterbringt und was du dafür tun musst.

Mit diesem Buch bekommst du:

- Informationen, was du jetzt tun kannst oder solltest,
- das Handwerkzeug, um ein selbstsicherer junger Erwachsener mit einer klaren Vision und Zielen in allen Lebenslagen zu werden,
- Antworten auf viele deiner Fragen und Unterstützung bei Unsicherheiten,
- Ideen und Hacks für alle Lebenslagen,
- einen Überblick über deine Rechte und Pflichten.

> Kurz gesagt: Einen allwissenden, besten Freund als Ratgeber in Taschenformat an deiner Seite.

Aber genug der Ankündigungen, jetzt geht es los...

KAPITEL 1

Ziele setzen, Pläne schmieden & Selbstbewusstsein entwickeln

1. Ziele setzen, Pläne schmieden & Selbstbewusstsein entwickeln

Am Anfang geht es erst einmal um die Basis. Wie setzt du dir überhaupt gute Ziele, die dir wirklich wichtig sind? Wie planst du den Weg dorthin und was macht gutes Zeitmanagement aus?

Du kannst in diesem Kapitel an deinem Mindset arbeiten und ein starkes Selbstbewusstsein entwickeln. Das hilft dir in allen folgenden Lebensbereichen dabei, dich durchzusetzen und dein eigenes Ding zu machen. Dieses erste Kapitel ist also das Fundament für deine weitere Planung und dein erfolgreiches, selbstbestimmtes Leben.

1.1. Ziele setzen und erreichen

Hast du vielleicht schon eine ziemlich genaue Vorstellung davon, wie es in deinem Leben weitergehen soll? Oder ist es erst einmal nur eine grobe Idee?

Selbst wenn du noch überhaupt keinen Plan hast, sondern jeden Tag neue Einfälle hinzukommen und sich wieder verabschieden: Alles ist besser, als nichts zu tun. Solange du dich mit deinen Möglichkeiten beschäftigst, bist du auf dem richtigen Weg und wirst den für dich passenden Plan nach und nach zusammenbasteln. Bis dahin ist wichtig:

- Recherchiere und informiere dich, denn die Möglichkeiten sind endlos. Leg dir eine Sammlung an, wenn mehrere Berufe/Studiengänge/Wohnformen oder Pläne in Frage kommen.

- Rede mit Freunden und Geschwistern darüber, wie sie das Richtige für sich gefunden haben. So bekommst du Ideen und Empfehlungen.

- Wo immer es möglich ist, solltest du in etwas hinein schnuppern. Teste das WG-Gefühl bei Freunden aus, mach Praktika in verschiedenen Berufen, plane erst eine kleine Rundreise, bevor du dich auf ein Auslandsjahr festlegst.

- Setze dir eine Deadline, bis wann du dich entschieden haben willst. Sonst verschwendest du Monate oder Jahre deines Lebens mit dem Wälzen von Plänen und erlebst überhaupt nichts.

Wenn du dich entschieden hast, dann geht es an die spannende Phase! **Du legst dich auf etwas fest und arbeitest darauf hin,** dass es wirklich Realität wird. Bist du ein eher lockerer und entspannter Mensch? Dann tust du dich vielleicht schwer damit, deine Idee tatkräftig anzupacken.

Erinnere dich in dem Fall immer wieder daran, dass DU dich dafür entschieden hast und nicht in einigen Jahren bereuen willst, dein Ziel verschlampert zu haben.

Es kann sehr unangenehm sein, mit 30 aufzuwachen und zu denken "Hier wollte ich doch eigentlich nie hin. Wie bin ich hier gelandet?

Es kann dir helfen, wenn du deine **Ziele visualisierst.** Je mehr Zeit du damit verbringst, aktiv darauf hin zu planen, desto leichter wird dir das Visualisieren fallen. Denn das Ziel wird mit jedem Schritt in die richtige Richtung greifbarer. Dann hast du das Gefühl, dass du dir etwas Realistisches erträumst und nicht einfach nur ein Wunschkonzert in deiner Fantasie abspielst. Visualisieren geht so:

- Nimm dir genug Zeit und male dir in deiner Fantasie alle Details aus, die für dein Ziel wichtig sind. Selbst wenn zwei Menschen das gleiche Ziel haben, können die Details völlig unterschiedlich aussehen.

- Schreibe die Eckpunkte und Details in ein Heft oder Notizbuch, indem du auch Platz für deine Planungsschritte hast. Lass genug Seiten frei, um zu ergänzen oder zu ändern.

- Wenn du gut zeichnen kannst, willst du vielleicht ein Bild malen, das einen bedeutenden Zeitpunkt deines Zieles darstellt. Das hängst du dann so auf, dass du es jeden Tag siehst und es dich motivieren kann. Am besten nimmst du dir dafür eine fixe Zeit vor, beispielsweise nach dem Aufstehen und machst daraus eine regelmäßige Routine. Alternative für Nicht-Künstler: Einen Fotodruck kaufen oder ein passendes Bild aus dem Internet suchen und ausdrucken, das dein Ziel darstellt.

  Viele junge Erwachsene wünschen sich das erste eigene Auto. Stell dir alles bis ins kleinste Detail vor und visualisiere dich bei der Erfüllung dieses Ziels.

- Lege einige Dinge fest, die dich an dein Ziel erinnern sollen. Zum Beispiel eine bestimmte Farbe, kleine Gegenstände oder eine bestimmte Musik. Verteile diese Erinnerungen in deinem Umfeld, so dass du immer wieder darauf stoßen wirst.

So könnte eine Visualisierung mit einem Wunschbild aussehen!

Und wie weißt du, dass du dein Ziel erreicht hast? Bei manchen Zielen ist das logisch, wenn du in deinem ersten eigenen Auto sitzt, deine Weltreise gestartet hast oder den Schlüssel ins Schloss deiner eigenen Wohnung steckst. Aber viele Ziele sind nicht so genau messbar, so dass du dich manchmal fragen wirst "Bin ich noch auf dem richtigen Weg?"

Wenn dein Ziel nur ein Lebensgefühl oder ein Lebensstandard ist, ist es dann erreicht, wenn du selbst zufrieden bist. Das Gefühl, dort zu sein, wo du sein wolltest (im Leben, im Beruf, usw.), wird zwar nicht für immer anhalten, aber dir zumindest eine gute Zeit verschaffen. Und niemand sagt, dass du einmal ankommst und dich dann nie wieder bewegst! Du kannst dich immer wieder verändern, neu erfinden und ausprobieren.

1.2. Planen & Zeitmanagement

Wenn du im nächsten Schritt weißt, was du erreichen möchtest, kommt es nur noch auf gute Planung an. Das klappt nicht bei jedem Menschen automatisch. Viele müssen sich Planung und Zeitmanagement erst beibringen. Mit ein paar guten Tricks geht das aber ganz einfach, denn du kannst deine Schwächen dadurch überlisten.

Als Erstes teilst du dir deine Planung in kleinere Pakete ein. Denn meistens kommt einem der Gesamtplan wie ein unüberwindbarer Berg vor und es wird nicht einmal der erste Schritt gemacht. Wenn du dir jedoch Zwischenziele setzt, hast du immer wieder kleine Erfolge zu feiern und du erlebst, wie du Stück für Stück weiterkommst.

> Schreib dir am besten auf, welche Planungsschritte es gibt und gönne dir die Freude, sie einzeln abzuhaken.

Deine Planung wird auf diese Art viel besser greifbar. Außerdem hast du dazwischen immer wieder die Gelegenheit, nochmal nachzubessern und etwas zu ändern. Denn oft merkst du erst während der Umsetzung, dass Teile der Planung nicht realistisch waren.

Der zweite wichtige Trick für die perfekte Planung ist der Zeitplan. Wenn du Zwischenschritte festgelegt hast, kannst du sie mit geschätzten Zeiten versehen. Das bedeutet natürlich nicht, dir stressige Deadlines zu setzen, die dir ständig unangenehm im Nacken sitzen (auch wenn das manchmal nötig ist, etwa wenn du eine Hausarbeit rechtzeitig fertig haben musst).

Der Vorteil an der eigenen Einstellung ist meistens, dass du nur dir selbst Rechenschaft schuldig bist. Daher solltest du weder zu hart, noch zu locker mit dir umgehen. Lege deinen Zeitplan so fest, dass du Raum für Kreativität und Änderungen hast. Aber nicht so entspannt, dass du eigentlich nie so richtig loslegen musst.

Wenn du mit einer Planung von anderen abhängig bist oder dich an einem vorgegebenen Zeitrahmen orientieren musst, dann beginne rechtzeitig mit deiner persönlichen Zeitplanung. Oder bist du jemand, der am besten unter Druck arbeitet? Dann plane ruhig straff (aber auch nicht so, dass du dein Ziel nur erreichst, wenn du die 48 Stunden vor der Deadline durchmachst).

Zeiteinteilung ist nicht nur bei Projekten oder größeren Plänen wichtig.

> Auch deinen ganz normalen Alltag kannst du so einteilen, dass du mehr davon hast.

Fühlst du dich oft überfordert, wenn es darum geht alles von allem, was du in einem Tag oder einer Woche unterbringen zu müssen? Oder verlierst du schnell den Überblick und vergisst wichtige Dinge?

Dann versuch es mal mit folgender Zeitplanung als persönliches System: Organisiere einen physischen Kalender oder verwende einen Online-Kalender, indem du pro Tag großzügig Platz für deine Termine zur Verfügung hast. Außerdem brauchst du drei verschieden farbige Stifte (etwa blau, rot und schwarz). Du legst dir drei Kategorien an und jede bekommt eine Farbe zugeordnet. Hier ein Beispiel mit den oben genannten. Farben:

- Mit Rot schreibst du dir alles in den Kalender, was nicht diskutiert werden kann. Deine Arbeitszeiten, Vorlesungszeiten und Prüfungen.

- Mit Blau trägst du dir alles ein, wofür du dich selbst entscheiden kannst, was aber dennoch feste Termine sind. Zum Beispiel Training im Sportverein oder Arzttermine. (Wenn du dich selbst noch besser in den Griff bekommen willst, kannst du dir etwa auch Zeiten zum Lebensmitteleinkauf oder Wohnungsputz so aufschreiben)

- Mit Schwarz schreibst du deine Freizeitaktivitäten auf. Zum Beispiel Treffen mit Freunden, Joggen gehen oder feste Zeiten für ein Hobby.

Auf diese Art hast du immer einen Überblick, wie wichtig die entsprechenden Termine und Zeiten sind. Wenn dir ein Tag über den Kopf wächst, kannst du schwarze Termine streichen und dir dadurch etwas mehr Luft verschaffen.

Bist du immer noch überfordert, können auch schwarze UND blaue Termine weichen und dir Zeit für Entspannung verschaffen. Solange du die roten Termine durchziehst, weißt du immer, dass du das Wichtigste erfüllt hast.

1.3. Das richtige Mindset

Ein großer Teil deiner Lebensplanung hat nicht unbedingt mit Fakten und Planung zu tun, sondern mit deiner Einstellung: Wie du zu etwas stehst, hat Einfluss auf deine Gefühle. Und wie du dich mit etwas fühlst, entscheidet alles. Schauen wir uns erstmal an, wie eine Einstellung entsteht:

> *Den meisten Einfluss haben andere Menschen in deinem Umfeld.*

Deine Familie, Freunde, Menschen, die du bewunderst und die Gesellschaft ganz allgemein haben einen bedeutenden Einfluss auf dich. Du bekommst von vielen Seiten vorgelebt, wie angeblich ein gutes oder richtiges Leben zu sein hat. Leider widersprechen sich diese Vorbilder gegenseitig.

Es kann also sein, dass deine eigene Einstellung zu einer Sache sich ständig ändert, je nachdem, wem du gerade glaubst oder nacheiferst. Das kann sehr anstrengend werden, weil du so nie von dir selbst überzeugt sein kannst. Du möchtest selbstbewusst, sicher und von deinen Entscheidungen überzeugt sein? **Dann musst du dein ganz persönliches Mindset finden und festigen.**

> Gewöhne dir an, wann immer du von jemandem eine Meinung oder Einstellung hörst, diese erst einmal für dich zu hinterfragen.

Auch wenn es auf den ersten Blick gut aussieht, musst du nicht alles sofort übernehmen. Mach dir Gedanken, ob diese Theorie dich weiterbringt, mit deinen Werten übereinstimmt und für dich praktikabel ist. Willst du diese Einstellung zu deiner machen, sollte sie dich motivieren und inspirieren.

Bist du dir einer Einstellung erst einmal sicher, kannst du auch die damit aufkommenden Gefühle ernst nehmen. Wenn du etwas planst, aber dich beim Gedanken daran ständig unwohl fühlst, passt der Plan vielleicht nicht mit deinem Mindset überein. Er widerspricht deinen Werten oder steht einem wichtigeren Plan entgegen. So kannst du deine Gefühle nutzen, um Ideen oder Pläne zu bewerten.

Fühlt sich etwas gut und wichtig an? Dann solltest du es verfolgen und deine ganze Energie hineinstecken. Mit der neu gewonnenen Sicherheit kannst du alles erreichen!

Fühlt sich etwas schlecht an? Dann stimmt es entweder nicht mit deiner Einstellung überein, oder du willst dich einfach nur davor drücken. Wenn du ehrlich zu dir bist, kannst du das aber sehr schnell auseinanderhalten!

Eigentlich könnte es mit dem Mindset so einfach sein, denn hast du einmal den Fokus gesetzt, ist es ein mächtiger Verbündeter in deinem Hinterkopf. Das Mindset lebt davon, dass du aktiv wirst und deine Ideen und Pläne anpackst.

Wie schaffst du es aber, dafür motiviert zu sein und es auch zu bleiben? Wie machst du den ersten Schritt, wenn du oft eigentlich faul sein und liegen bleiben willst? **Die Motivation ist nicht nur eine der wichtigsten Zutaten zum Erfolg, sondern dabei leider genau das, was dir niemand anderes geben**

kann. Sie muss aus dir selbst kommen und von dir "produziert" werden.

Positiv ist dabei, dass du deine Motivation bis zu einem gewissen Grad selbst in der Hand hast und sie richtig hervorlocken kannst, wenn du weißt wie.Dabei können dir diese einfachen Maßnahmen helfen:

- **Genau planen**

  Oft fallen die Motivation und die Konsequenz schwer, weil überhaupt nicht richtig klar ist, was alles getan werden muss und wie genau.

  Bevor du loslegst, solltest du dir also einen genauen Plan erstellen. Was musst du alles für dein Ziel tun, in welcher Reihenfolge und in welche Arbeitsschritte unterteilst du es am besten? So kannst du dich auf einzelne Aufgaben nacheinander konzentrieren und dich besser an der jeweils aktuell wichtigen festhalten. Deinem Mindset ist geholfen, weil du dich nicht total überfordert fühlst.

- **Visualisieren**

  Warum genau machst du das eigentlich? Was ist das höhere Gut dahinter, wie wirst du dich fühlen, wenn es geschafft ist? Das sind die Fragen, die dir beim visualisieren deiner Pläne helfen. Eigenmotivation kommt oft von positiven Gefühlen und wird auch durch diese verstärkt und unterstützt. Du stellst dir also vor, wie du dich am Ziel deiner Pläne und Träume fühlen wirst, malst es dir in allen Farben, Gerüchen und Details aus. Es wird dadurch immer erstrebenswerter für dich und du kannst immer mehr Energie freisetzen, um deine vorgestellten Gefühle zu erreichen.

- **Dich selbst belohnen**

  Gewöhne dir an, dich immer zu belohnen, wenn du etwas geschafft hast. Nicht nur ganz am Ende, wenn du alles erreicht hast (denn das ist dann meistens Belohnung genug).

  Vor allem bei **Zwischenaufgaben und Teilzielen** ist es wichtig, dir selbst auf die Schulter zu klopfen und dir eine Ruhepause zu gönnen. Iss etwas besonders Gutes, schau dir einen Lieblingsfilm an, back dir selbst einen Kuchen, oder was dir sonst noch einfällt. Die Hauptsache ist, du würdigst deine eigene Arbeit und Leistung, indem du dich jedes Mal dafür belohnst.

- **Zielgerichtete Vorbilder**

  Vor allem ist bei deinem Mindset wichtig, dass es dich im Leben weiterbringt. Gewöhne dir an, dir vor allem zielgerichtete und anpackende Menschen zum Vorbild zu nehmen. Dort kannst du dir vieles abschauen, lernen durchzuhalten und motiviert zu bleiben.

Deine Einstellung zu vielen Dingen ist entscheidend dafür, ob du dranbleibst und dein gesetztes Ziel erreichst. Das hängt nämlich zum größten Teil nicht davon ab, wie fern oder nah das Ziel liegt, sondern **ob du daran glaubst und die nötige Zeit und Arbeit hineinsteckst.** Nur du kannst deine eigenen Träume und Ziele wahr machen!

1.4. Der Schlüssel zum Selbstbewusstsein

Gibt es ihn überhaupt, diesen einen Trick für ein starkes Selbstbewusstsein? Nein, mit nur einer Veränderung wird es nicht getan sein. Aber viele Kleinigkeiten können dir dabei helfen, im Alltag mehr von dir selbst zu halten und dir mehr zuzutrauen.

Wenn du gut mit dir umgehst und überzeugt von dir bist, werden es andere Menschen ebenfalls sein. Die erfolgreichsten und glücklichsten Menschen sind selbstbewusst, denn sie wissen, wer sie sind und was sie können und leisten. Diese Hacks helfen auch dir dabei:

- **Stärken und Schwächen kennen**

  Es gibt Dinge, die kannst du wie kein anderer und die fallen dir sogar leicht. Und es gibt Dinge, für die du einfach kein Händchen hast und mit denen du dich eher herumärgerst. Zu beiden kannst und solltest du ganz offen stehen. Zu hoch stapeln und so tun, als könntest du alles, bringt dich nicht weiter. Aber auch deine Fähigkeiten klein reden, bringen dich nirgendwo hin. Das richtige Mittelmaß ist perfekt. Nur wer beides als Teil von sich annimmt, ganz entspannt und nach außen trägt, ist im wahrsten Sinne des Wortes selbstbewusst.

- **Körperhaltung verbessern**

  Wie du dich deinen Mitmenschen präsentierst, sagt ihnen viel über dich. Ein runder Rücken, hängende Schultern und der Blick auf den Boden gerichtet? Sieht nicht sehr selbstbewusst aus, oder?

Auch wenn du dich (noch) nicht so fühlst, denk immer wieder daran, dich aufrecht hinzustellen. Wann immer du dich dabei erwischst, dass du dich körperlich klein machst, strecke deinen Körper ganz bewusst nach oben. Schau anderen Menschen in die Augen, wenn sie mit dir sprechen. So wirkst du selbstbewusst, auch wenn du dich eigentlich gerade ängstlich oder unsicher fühlst.

Positives Umfeld schaffen

Du kannst unmöglich ein starkes Selbstbewusstsein entwickeln, wenn die Menschen in deinem Leben dich nur kritisieren. Suche dir positive Freunde, Bekannte und Kollegen aus, mit denen du die meiste Zeit verbringst. Natürlich dürfen sie auch mal etwas Negatives bemerken und konstruktive Kritik geben, aber grundsätzlich brauchst du ein Umfeld, das dich super findet. Was bringt dir jemand, der immer nur an dir herumnörgelt, dir ein schlechtes Gefühl gibt und dich nicht wirklich zu mögen scheint?

Schaffe dir ein Umfeld, in dem du dich motiviert und geliebt fühlst - denn das holt auch deine besten Seiten hervor und beflügelt dich zu deinen größten Erfolgen.

Gut mit dir selbst umgehen

Ein enormer Teil deines Selbstbewusstseins ist das Selbstwertgefühl. Das wächst natürlich dadurch, dass du dich von anderen Menschen wertgeschätzt fühlst. Aber vor allem du selbst musst gut mit dir umgehen, um deinen Selbstwert wachsen zu lassen. Das bedeutet, nicht ständig schlecht über dich zu reden und zu denken! Sätze wie "Ich bin so dämlich!", "Ich bekomme nichts auf die Reihe!" oder "Typisch für mich" (nach einer Niederlage) sind reines Gift.

Dein Unterbewusstsein glaubt dir alles, was du regelmäßig sagst. Sprich mit dir selbst und über dich so, wie du mit einem guten Freund sprechen würdest. Selbst bei Versagen würdest du dem niemals ins Gesicht schleudern "Wie doof bist du eigentlich? Du kannst echt überhaupt nichts!" Nein, du würdest sagen "Macht doch nichts, du musst nicht alles können. Kopf hoch, nächstes Mal klappt es!".

Projekte fertig bringen

Mit diesem Tipp wirst du nicht nur produktiver und erfolgreicher. Auch deinem Selbstbewusstsein kommt es sehr gelegen, wenn du regelmäßig Ziele erreichst und Projekte fertig stellst.

Denn jedes Mal, wenn du etwas tatsächlich erreichst oder umsetzt, bist du automatisch stolz auf dich selbst. Das gibt deinem Selbstwert einen großen Push und du siehst dich und deine Fähigkeiten mit jedem Projekt in einem besseren Licht.

CHECKLISTE: HAST DU DAS ERLEDIGT?

1. Persönliche Ziele und Ideen für deinen Lebensweg gefunden?
2. Deine Ziele visualisiert, um sie zu stärken und dran zu bleiben?
3. Deinen eigenen Zeitplaner angelegt?
4. Dein Mindset und deine Einstellungen überprüft?
5. An deinem Selbstbewusstsein gearbeitet?

KAPITEL 2

Wohnen

2. Wohnen

Als Nächstes beschäftigen wir uns mit der großen Frage: Wo und wie willst du wohnen? Es geht um die vielen Möglichkeiten (WG, eigene Wohnung, bei den Eltern, ...) und um die Entscheidung, ob du mit deinem Freund/deiner Freundin zusammenziehen solltest.

Außerdem lernst du in diesem Kapitel alles, was mit dem ersten eigenen Haushalt zusammenhängt. Aufräumen, putzen, heimwerken, kochen und mit dem Haushaltsgeld auskommen sind eine Menge Herausforderungen, die auf dich zukommen. Aber keine Sorge, du bist damit nicht allein.

2.1. Die verschiedenen Wohnformen

Bei den Eltern

Wenn es bei euch zu Hause genug Platz und Privatsphäre gibt, musst du eigentlich nicht mit 18 ausziehen. Viele Familien funktionieren zusammen so gut, dass die Kinder oft noch bis Mitte 20 bei den Eltern wohnen bleiben.

Vorteile sind, dass du viel weniger bezahlst (selbst wenn du dich an den Haushaltskosten beteiligst), keine Verantwortung für eine eigene Wohnung trägst, dir den Umzug sparst und dich auskennst und wohl fühlst. Liegt deine Arbeitsstelle oder Uni in der Nähe, ist das eine tolle Möglichkeit, die du noch eine Weile länger nutzen kannst.

Studentenwohnheim

Die meisten Universitäten haben eigene Wohnheime, in denen du günstig ein Zimmer bekommen kannst. Küche und Bad teilst du dir meist mit anderen Studenten. Manchmal gibt es Wohnheime mit Doppelzimmern.

So ein Zimmer ist schon mehr eigene Verantwortung und Freiheit als dein Zimmer bei den Eltern. Aber die Verpflichtungen halten sich in Grenzen, genauso wie die Kosten. Du solltest aber gut mit anderen Leuten klarkommen und es gewohnt sein, hinter dir aufzuräumen, denn sonst gibt es schnell Ärger. Der kurze Weg zur Uni und die zentrale Lage sind ein Plus während des Studiums.

Wohngemeinschaft

Ebenso wie beim Studentenheim teilst du dir hier Wohnraum, Küche und Bad, aber mit wesentlich weniger Mitbewohnern. Dein eigenes Zimmer ist dein Reich, das dir laut Untermiet-Vertrag zusteht und für das du dich anteilig an allen Kosten der Wohnung beteiligst.

Auch hier ist es wichtig, sich solidarisch zu verhalten und Rücksicht zu nehmen. Schön an einer WG ist, dass man sich meistens schnell anfreundet und Freizeit miteinander verbringt. Gemeinsames Kochen, Filme schauen und Spieleabende lieben die meisten WG-Bewohner, denn sie betrachten sich nicht nur als Zweckgemeinschaft.

Mit Freund oder Freundin

Wenn du schon eine Weile mit deinem Freund oder deiner Freundin zusammen bist, seid ihr bestimmt schon auf diese Idee gekommen. Wer als Paar für Studium oder Ausbildung in der gleichen Stadt bleibt, würde von einer gemeinsamen Wohnung natürlich profitieren. Die Kosten teilen sich auf euch beide auf und ihr könnt viel mehr Zeit zusammen verbringen, ohne ständig planen zu müssen.

Ob dieser Schritt für euch richtig ist, kann euch aber niemand sagen. Denn nur ihr wisst, wie fest und sicher eure Beziehung ist. Bevor ihr diesen großen Schritt wagt, solltet ihr über viele Punkte sprechen: Haushaltsführung, Geldverteilung, Verantwortung und vieles mehr können sehr schnell zum Streit führen und eine Trennung ist in einer gemeinsamen Wohnung nicht ganz unkompliziert.

Eigene Wohnung

Am unabhängigsten bist du natürlich in einer ganz eigenen kleinen Wohnung. Du brauchst nicht viel: ein kleines Zimmer mit Kochgelegenheit, Dusche und Toilette. Hauptsache, endlich frei und unabhängig sein, richtig?

Du musst aber bedenken, dass eine Wohnung mit sehr vielen Kosten daherkommt, die du vermutlich nicht bedacht hast. Das ist nicht nur die Miete, Strom und Wasser. Auch Telefon und Internet, Rundfunkbeitrag, Müllgebühren, Versicherungen und die Kaution müssen bezahlt werden. Die Entscheidung für eine eigene Wohnung solltest du also mit deinen Eltern gemeinsam treffen und dir deiner großen Verantwortung bewusst sein!

2.2. Studentenwohnheim, WG oder alleine wohnen?

Die eine, richtige Wohnform für 18-Jährige gibt es nicht, denn was am besten passt, ist einfach eine Typfrage. Während manche in deinem Alter es nicht erwarten können, in ihren eigenen vier Wänden endlich für sich zu sein, freuen sich andere auf möglichst viele gleichgesinnte Leute um sich herum. Darum gibt es so viele verschiedene Optionen, damit jeder die für sich passende Wohnform findet. Mach deine Entscheidung also nicht nur davon abhängig, was am günstigsten oder am praktischsten wäre.

Wenn du von einer bestimmten Wohnform träumst und denkst, dass du dich so am wohlsten fühlen würdest, dann kannst du das möglich machen. Auch wenn das bedeutet, dass du vielleicht nebenher einen Job brauchst, um deinen Traum zu finanzieren, oder einen längeren Weg zur Arbeit oder Uni in Kauf nimmst. Dein zukünftiges Zuhause soll ein sicherer Hafen, ein gemütliches Nest und ein Zufluchtsort sein, an dem du absolut du selbst sein und dich fallen lassen kannst. Das brauchst du, um dich den Herausforderungen des Alltags stellen zu können. Mit diesen Fragen kommst du deiner Entscheidung näher:

- Wie sieht meine Traumwohnung aus? Welche Menschen stelle ich mir darin vor und wie würde ein typischer Tag ablaufen?

- Wie gestaltest du ein tolles Wochenende? Sind viele Freunde dabei, oder geht es vor allem um Zeit für dich, um deine Akkus in Stille aufzuladen?

- Wenn du in kurzer Zeit viel lernen oder eine große Aufgabe erledigen musst, wie sehr stören dich Lärm und andere Menschen, die etwas von dir wollen?

- Auf einer Skala von 1 bis 10, wie ordentlich und sauber bist du? Ist dir das für dein Umfeld wichtig, oder kannst du dabei Abstriche machen?

- Welche Vorteile und Nachteile hätten für dich persönlich jeweils dein eigenes Reich versus eine geteilte Wohnung bzw. ein Wohnheim?

Bei der Beantwortung der Fragen zwei bis vier kommt heraus, dass du eher Zeit für dich benötigst, Lärm, Ablenkung und Chaos nicht tolerieren möchtest? In der Traumwohnung siehst du dich alleine und die Vorteile für dein eigenes Reich überwiegen? Dann bist du wahrscheinlich jemand, der sich in seiner eigenen Wohnung am wohlsten fühlen wird.

2.3. Jetzt schon ausziehen?

Die große Frage, ob du bereit zum Ausziehen bist, oder lieber noch im sicheren Nest bleiben möchtest, kann dir keiner beantworten. Aber du kannst der Antwort selbst näherkommen, wenn du dich mit dem Thema auseinandersetzt.

Befrage Freunde, die schon früh ausgezogen sind, ob sie sich rückblickend anders entschieden hätten. Lass dir vor allem erzählen, was ihre größten Schwierigkeiten und Stolpersteine waren und was sie jetzt anders machen würden. Letzten Endes kommt es natürlich darauf an, wie gut es bei euch zu Hause läuft und ob deine Eltern dich nochmal einige Jahre unter ihrem Dach behalten wollen. Darum solltest du auch mit ihnen über deine Ideen und Vorstellungen offen sprechen. Diese Fragen helfen euch dabei:

- Wie läuft es im gemeinsamen Haushalt und welche Veränderungen wünschen sich alle Beteiligten?

- Wie würde der Alltag aussehen, wenn du weiter bei deinen Eltern wohnst (deine und ihre Vorstellungen)?

- Welche Vorteile/Nachteile gäbe es jeweils für euch alle dadurch, dass du noch nicht ausziehst?

- Kannst du dich ab jetzt mehr an den Kosten und den Aufgaben im Haus beteiligen, da du kein "Kind" mehr bist? (Erinnerung: Das müsstest du in einem eigenen Haushalt auch)

Wenn ihr euch zusammen dafür entscheidet, dass du noch bleibst, sollte sich dennoch einiges ändern. Du erhältst bestimmt mehr Verpflichtungen, aber auch wesentlich mehr Freiheiten, da du jetzt volljährig bist. Ihr könnt eure neuen Abmachungen und Regelungen in einem kleinen, privaten "Vertrag" festhalten, damit es etwas offizieller und für alle greifbar wird.

So gelingt das friedliche Zusammenleben

Auch wenn du von deinen Eltern nicht aufgefordert wirst, gewisse Dinge im gemeinsamen Haushalt als junger Erwachsener zu ändern, solltest du Initiative zeigen. Sprich proaktiv folgende Punkte an und starte Verantwortung zu übernehmen.

- **Teilt euch die Hausarbeit auf**

  Überzeuge beispielsweise regelmäßig mit deinen Kochkünsten und übernimm Mal den Einkauf.

- **Finanzen**

Du verfügst bereits über ein regelmäßiges Einkommen? Dann solltest du dich an der Miete beteiligen. Auch wenn du finanziell nicht so viel dazu beitragen kannst, wie du für eine eigene Wohnung zahlen würdest, solltest du zumindest symbolisch deinen Beitrag leisten.

- **Formalitäten**

Zeig Interesse am Papierkram, den vielleicht bis jetzt deine Eltern übernommen haben. Zahle beispielsweise Rechnungen selbst ein, behalte den Überblick über die Finanzen und führe am besten ein Haushaltsbuch. Wie das geht, erfährst du in Kürze. Prüfe den Versicherungsstatus, der Versicherungen, die deine Eltern abgeschlossen haben. Normalerweise solltest du mit 18 Jahren noch bei der Haftpflichtversicherung deiner Eltern mitversichert sein, aber gehe hier bitte auf Nummer sicher.

- **Definiert Regeln**

Zu welcher Uhrzeit esst ihr? Wie teilt ihr euch die Kosten für Handy, Internet und Lebensmittel auf? Wer putzt was und wann? Wer darf wann das Badezimmer benutzen? Wer darf wann das Fernseherprogramm bestimmen? Wenn ihr euch das Auto teilt - wer benutzt es wann? Falls ihr nur einen kleinen Kühlschrank habt - wer darf welchen Platz verwenden?

- **Freiheiten**

  Nicht nur du, auch deine Eltern brauchen gewisse Freiheiten. Gönne ihnen einen ruhigen Sonntagnachmittag oder unterstütze es, dass die beiden Mal zu zweit ausgehen.

- **Nicht nur Nehmen auch Geben**

  Du borgst dir das Auto deiner Eltern aus? Dann bringst du den Wagen getankt zurück oder putzt im Gegenzug die Küche!

Habt ihr euch über diese Punkte, vielleicht sogar in schriftlicher Form geeinigt, ist das ein guter Start für ein friedliches Zusammenleben von zwei Generationen unter einem Dach.

2.4. Jetzt schon zusammenziehen?

Weil deine Beziehung jetzt ernster wird, beschäftigen wir uns noch etwas mehr mit dem Thema "zusammenziehen". Denn wenn ihr mit diesem Gedanken spielt, schockiert das eure Eltern vielleicht mehr, als der Wunsch nach einer eigenen Wohnung.

Das muss überhaupt nicht bedeuten, dass sie nicht an deine Beziehung glauben oder sie dir diese nicht gönnen. Das Risiko, ein großes Chaos zu verursachen, ist einfach wesentlich größer, wenn ihr bei einer Trennung zusammen in einer Wohnung lebt. Und ganz ehrlich: Egal wie super es zurzeit klappt, auch ihr könnt nicht garantieren, dass es für immer so bleiben wird. Veränderungen in einer Beziehung in einem gewissen Maß einzuplanen, bedeutet nicht, dass ihr euch weniger liebt. Es zeigt einfach nur, dass ihr keine 15 mehr seid und langsam anfangt, für mehr als nur eure Gefühle verantwortlich zu sein.

Bevor ihr also diesen großen Schritt wagt, geht gemeinsam folgende Einschätzungsfragen durch:

- Was denkt ihr, welche Aufgaben alle in der Wohnung anfallen? Wer übernimmt welche Aufgabe?

- Wie teilt ihr euch die Kosten auf? Was macht ihr, wenn einer von euch plötzlich kein Einkommen mehr haben sollte?

- Ist eure Wohnung euer sicherer Hafen nur für euch, oder wollt ihr ständig Freunde zu Besuch haben?

- Wenn einer von euch länger krank ist, übernimmt der andere dann den ganzen Haushalt?

- Wenn ihr euch wirklich trennen würden, wer würde spontan ausziehen und wohin?

- Welche Sicherheiten habt ihr für größere Kosten, die spontan auftreten (Waschmaschine kaputt, hohe Stromrechnung...)?

Denk daran: **Je mehr ihr vorab klärt, desto weniger Streitpunkte gibt es im Alltag.** Ihr solltet in dieser Phase ganz ehrlich zu euch selbst und dem Partner sein! Jetzt alles hochromantisch versprechen, um es dann in der Realität ganz anders haben wollen, ist eine Rechnung, die niemals aufgeht!

2.5. Alles Wichtige für deinen Haushalt

Egal, ob du dich für eine WG, ein Studentenzimmer oder eine eigene Wohnung entscheidest, jede Option kommt mit eigenen Kosten und Verpflichtungen daher. Hier findest du die wichtigsten aufgelistet und je nach Wohnform erklärt:

Teure Anschaffungen

Nicht nur die monatlichen Kosten, auch einmalige Anschaffungen musst du vorher einrechnen. Gleich zu Beginn zahlst du für jede Wohnung Kaution (Sicherstellung von Mietzinszahlungen oder Beschädigungen am Mietobjekt), meist in der Höhe zwischen ein und zwei Monatsmieten. Bei Auszug bekommst du sie zurück, wenn die Wohnung/das Zimmer noch in einwandfreiem und im Mietvertrag definierten Zustand ist.

Auch wenn du vielleicht die Möbel deines alten Kinderzimmers mitnehmen kannst, brauchst du vielleicht weiteres Mobiliar. In einer WG musst du nur dein Zimmer einrichten, die Gemeinschaftsräume sind meist voll ausgestattet.

In einer eigenen Wohnung kommen aber größere Kosten für z.B. Sofa, Küchenausstattung und Tisch und Stühle auf dich zu. Auch eine eigene Waschmaschine willst du vielleicht haben, um nicht ständig in einen Waschsalon laufen zu müssen. Außerdem gibt es meistens ein paar Renovierungen zu erledigen, so dass Anschaffungen wie Farbe, Tapete, kleine Werkzeuge, Pinsel, Spachtelmasse oder Ähnlichem anstehen. Hast du Freunde, deinen Vater oder andere Verwandte an der Hand, die dir beim Renovieren und Einrichten helfen, sparst du sehr viel Geld.

Exkurs: Checkliste an Anschaffungen für die erste Wohnung

Schlafzimmer Bett mit Matratze, Bettzeug Nachttisch Bettzeug und Polster Kleiderschrank, Kleiderbügel Spiegel Deckenlampe Nachtischlampe Vorhänge oder Rollo Wäschesammler	**Wohnzimmer** Couch und/oder Sessel Couchtisch Esstisch Stühle (eventuell klappbar) Stauraum (Schrank, Regal) Lampen
Badezimmer Spiegel Handtuchhalter Badematte Toilettenpapierhalter WC-Bürste Handtücher Wäschekorb Föhn Seife Bügeleisen und Bügelbrett Waschmaschine	**Küche** Kühlschrank Herd/Kochfelder kleiner Ofen Hängeschrank, Regale, Unter-schränke Spüle Arbeitsplatte Mülleimer
Arbeitsplatz Schreibtisch Schreibtischstuhl Stauraum Papierkorb Tischlampe Laptop/PC, Drucker Büromaterialien	**Vorraum** Schuhregal Garderobe Spiegel Deckenlampe

Putzzeug und Reinigungsbedarf für Bad und Küche	Küchenzubehör
Staubsauger Handbesen und Schaufel Besen, Wischmopp Wäscheständer Bügeleisen und Bügelbrett Allzweckreiniger Waschmittel, Spülmittel Küchenrolle Taschentücher Eimer , Putzschwamm, -tuch Shampoo und Duschgel Zahnbürste und Zahnpasta Erste Hilfe Kasten	Gläser, Tassen, Teller, Schüsseln und Besteck Töpfe und Pfannen Küchenmesser und Schneidbretter Kochlöffel, Pfannenwender (Nudel-) Sieb Geschirrtücher, Schwämme, Spülbürste evtl. Mikrowelle, Toaster, Kaffeemaschine, Wasserkocher Lampe Dosen- und Flaschenöffner Küchenschere
Werkzeug	**Sonstiges**
Schraubenzieher Hammer, Nägel und Dübel in verschiedenen Größen Zollstock Wasserwaage Zange eventuell Bohrmaschine	Verlängerungskabel Steckerleisten

Wichtige Versicherungen

In einer WG oder einem Studentenwohnheim musst du dich nur um deine privaten Versicherungen kümmern. In jedem Fall brauchst du eine Haftpflichtversicherung, falls du aus Versehen etwas Größeres kaputt machst. Auch eine Rechtsschutzversicherung ist je nach Unterkunft empfehlenswert. Denn im Fall eines Rechtsstreites kann ein Anwalt teuer werden.

In einer eigenen Wohnung solltest du dir zusätzlich eine Hausratversicherung überlegen, falls du teure Elektronik besitzt, die im Falle eines Einbruchs oder Brands ersetzt werden müssen. Falls du in Österreich wohnst, wird dir diese Entscheidung abgenommen. Denn du wirst eine Haushaltsversicherung abschließen müssen. Diese vereint sowohl die Haftpflicht- als auch die Hausratsversicherung.

Wenn du alleiniger Mieter bist, solltest du auf jeden Fall einem Mieterschutzverein beitreten. Falls es Streit mit dem Vermieter oder der Hausgemeinschaft gibt, wird dir hier schnell und professionell geholfen.

Korrektes Verhalten

Möchtest du in eine WG oder ein Wohnheim ziehen, musst du auf einige andere Menschen Rücksicht nehmen. Laute Musik, Chaos in der Küche oder zu viele Besucher machen dich nämlich schnell zum unbeliebten Mitbewohner und du riskierst damit die Stimmung an einem Ort zu verderben, der doch eigentlich dein sicherer Hafen sein soll. Halte dich vor allem am Anfang zurück, bis du alle kennst und die Situation besser abschätzen kannst.

Wenn du in eine eigene Wohnung im Mehrfamilienhaus ziehst, ist auch hier Rücksicht angebracht. Agiere immer in Zimmerlautstärke, halte Gemeinschaftsbereiche sauber und grüße jeden, den du im Treppenhaus triffst. Auch die Mülltrennung solltest du unbedingt einhalten, denn für mehr Hausmüll zahlen alle Hausbewohner anteilig. In vielen Häusern gibt es Aufgaben, die man sich teilt bzw. jeder nacheinander erledigt (z.B. Hausflur putzen oder im Winter Schnee schippen).

Die wichtigsten Kosten

Wohnst du alleine, kommen viele Kosten auf dich zu, die notwendig sind. Das sind Miete, Nebenkosten, Strom und Lebensmittel sowie ein Telefon/Internetanschluss. In einer WG werden Nebenkosten, Strom und Telefon/Internet unter allen aufgeteilt.

Hinzu kommt, dass du jeden Monat einen kleinen Betrag zur Seite legen solltest, falls mal etwas kaputt geht oder eine Rechnung höher ausfällt als gedacht (z.B. Strom oder Handy).

Denke auch daran, dass du mobil sein musst, also entweder ein Auto oder ein Monatsticket bezahlt werden muss. Und falls du keine eigene Waschmaschine hast, brauchst du jede Woche Geld für eine Gemeinschaftsmaschine oder den Waschsalon.

2.6. Haushaltsführung und Lebensqualität

Damit deine erste Zeit ohne die Eltern nicht zum Reinfall wird, kannst du vieles schon vorausplanen und dir vornehmen. Mit einigen Tipps und Tricks fällt dir der eigene Haushalt gleich viel leichter und du hast alles im Griff:

Einkaufen und Planen

Lege dir ein Budget fest, das du jeden Monat für den Haushalt zur Verfügung hast. Das beinhaltet Lebensmittel, Putz- und Waschmittel, Kosmetik etc. Am besten unterteilst du das Budget zusätzlich nochmal in Wochen, so dass du beim großen Wocheneinkauf genau weißt, was du ausgeben kannst. Damit vermeidest du, am Ende des Monats kein Geld mehr für Essen übrig zu haben und kannst beim Einkaufen mitrechnen, was du in den Wagen legst.

Schreib dir vorher einen Einkaufszettel und geh niemals hungrig einkaufen! Dann landen wirklich nur sinnvolle Lebensmittel im Wagen, mit denen du genug Mahlzeiten kochen kannst.

Spartipp

Halte bei Dingen, die du regelmäßig benötigst wie Putz- und Waschmittel, Kosmetik, diverse Lebensmittel (Nutella, Getränke, Öl) Ausschau nach Sonderangeboten und kaufe nach Möglichkeit (wenn du Platz zum Verstauen hast) auf Vorrat. Damit wird dein Geldbeutel auf einfache Weise geschont.

10 essentielle Lebensmittel

Einige Lebensmittel solltest du immer im Haus haben, um dir daraus schnell etwas kochen zu können. Sie sind günstig, vielfältig und möglichst lange haltbar:

Tomaten aus der Dose, Nudeln, Linsen aus der Dose, Reis, gemischtes Tiefkühlgemüse, Kartoffeln, (Haltbar-)Milch, Zwiebel, Eier und Gemüsebrühe.

Folgende Gerichte kannst du jederzeit daraus zaubern: Nudeln mit Tomatensoße, Gemüsesuppe, Bratkartoffeln, Linseneintopf, Reis mit Gemüse, Kartoffelsuppe, Gemüse-Kartoffel-Pfanne, Spiegelei, Eierspeise, und vieles mehr. Immer daheim sein sollte ein Öl zum Anbraten.

Spice it up!

Wichtig ist auch, dass du einmalig in eine kleine Sammlung Gewürze investierst. Damit kannst du ähnliche Gerichte immer unterschiedlich würzen, etwa italienisch, asiatisch oder indisch.

Zwei essentielle Rezepte

Auch wenn du sehr untalentiert in der Küche bist, solltest du neben einer Eierspeise und Spiegeleier die folgenden zwei Rezepte draufhaben. Damit kannst du so vielseitige Rezepte basteln, dass dir garantiert nicht langweilig wird. Außerdem verraten wir dir, wie du diese Grundrezepte aufpeppen kannst, um sogar deine neue Flamme mit deinen Kochkünsten zu begeistern.

Tomatensauce - kreativer Alleskönner

Zutaten für zwei Portionen
Zwiebel
1 Dose Tomatensauce
Ein Schuss Öl
Gemüsebrühe
Salz, Pfeffer, Oregano

Zubereitung
Schneide die Zwiebel in kleine Würfel und brate sie in etwas Öl in einem Topf an. Wenn sie schön glasig sind, fügst du die Tomatensauce und je nach Geschmack Gemüsebrühe hinzu. Das Ganze lässt du bei kleiner Stufe für ca. 10 Minuten leicht köcheln. Zum Schluss würzt du alles noch mit Salz, Pfeffer und Oregano. Fertig!

Diese Tomatensauce ist vielfältig einsetz- und erweiterbar. Beispielsweise kannst du mit den Zwiebeln gehacktes Rindfleisch, Wurzelwerk oder diverses Gemüse (wie Zucchini, Brokkoli, etc.), das dir übriggeblieben ist, anrösten.

Um dem Ganzen etwas mehr Pepp zu geben (und beim ersten Date daheim zu beeindrucken), kannst du auch einen Schuss

Schlagobers und Rotwein (hier dann nochmals kurz aufkochen lassen, damit der Alkohol verdunstet) hinzugeben. Es gibt unendlich viele Nudelarten - gefüllt oder mit Geschmacksrichtungen des Teigs, die zusätzlich nochmals jede Menge Abwechslung bringen und dein Gericht aufmotzen.

Die Sauce kannst du einfach mit Nudeln oder Reis und geriebenem Käse bzw. Parmesan essen. Vielleicht zauberst du damit eine Lasagne, Burritos oder überbackene Kartoffeln.

Suppenvielfalt - gesunder Warmmacher

Zutaten für zwei Personen
Tiefkühl- oder frisches Gemüse, Kartoffeln und/oder Linsen
Zwiebel
ein Schuss Öl
Milch
Gemüsebrühe
Salz, Pfeffer, diverse Gewürze

Zubereitung
Zwiebel würfelig schneiden und in etwas Öl glasig in einem Topf anbraten. Kürbis, Karfiol, Brokkoli, Linsen, TK-Gemüse, TK-Erbsen oder jegliches andere am besten saisonales Gemüse oder Hülsenfrüchte, falls notwendig schälen, entkernen und klein schneiden. Kurz mit den Zwiebelwürfeln anbraten und mit Wasser aufgießen, sodass das Wasser alles genau bedeckt. Gemüsebrühe je nach Geschmack hinzufügen und auf kleiner Stufe so lange köcheln lassen bis das Gemüse oder die Hülsenfrüchte bissfest gegart sind. Je nach Gemüse das Ganze am besten mit einem Mixstab pürieren. Dasselbe kannst du auch mit den Hülsenfrüchten machen. Je nach Belieben, kannst du alles etwas gröber lassen. Danach einen Schuss Milch bzw. wenn du es etwas deftiger haben möchtest Sauerrahm, Creme fraiche oder Schlagobers hinzufügen. Salzen und pfeffern.

Jetzt kannst du der Suppe noch mit unterschiedlichen Gewürzen das gewisse Etwas geben. Bei Kürbis, Karfiol und Brokkoli macht sich Musaktnuss gut. Eine orientalische (Linsen-)Suppe zauberst du mit Ingwer (in Pulverform oder frisch), gemahlener Kreuzkümmel, gemahlener Koriander, Chili und Currypulver. Die Milch kannst du gerne durch Kokosmilch ersetzen und wenn du jemanden beeindrucken möchtest, garnierst du das Ganze mit gebratenen Garnelen. Für mediterrane Suppen würzt du mit Oregano oder Kräuter der Provence (fertige Gewürzmischung).

Das gewisse Etwas bei weiteren Suppen: Kürbiskerne und Kürbiskernöl zur Kürbissuppe, Salatkerne, Nüsse, gebratene Brotwürfel, Ofenbaguette oder Käsetoaststücke zur Gemüsesuppe.

Wir haben der „Ernährung“ übrigens ein eigenes Kapitel gewidmet. In diesem erhältst du weitere Tipps und erfährst, wie du dich gesund und ausgewogen ernährst.

Haushaltsbuch führen

Um am Anfang einen besseren Überblick über all deine Kosten zu haben, ist ein Haushaltsbuch eine gute Idee. In einem Ordner oder Heft schreibst du dir dort immer alles auf, was an Kosten (wöchentlich, monatlich, jährlich) anfällt. So kannst du auch ausrechnen, welche Kosten nur vierteljährlich oder einmal im Jahr auf dich zukommen. Diesen Betrag teilst du durch zwölf Monate und siehst, was du jeden Monat zur Seite legen musst.

Mit dem Haushaltsbuch hast du im Blick, wie sich deine Finanzen entwickeln und erlebst keine bösen Überraschungen, oder verpasst gar den Moment, wenn du pleite gehst.

Praxisbeispiel

So könnte ein Haushaltsbuch aussehen (siehe unten). In diesem Beispiel gingen wir von einem Nettoeinkommen von 1.300 Euro aus. Nach Abzug der fixen und variablen Ausgaben bleibt eine Ersparnis von 130 Euro übrig. Diese könnten beispielsweise zur Vorsorge, für größere Anschaffungen oder den Urlaub gespart werden.

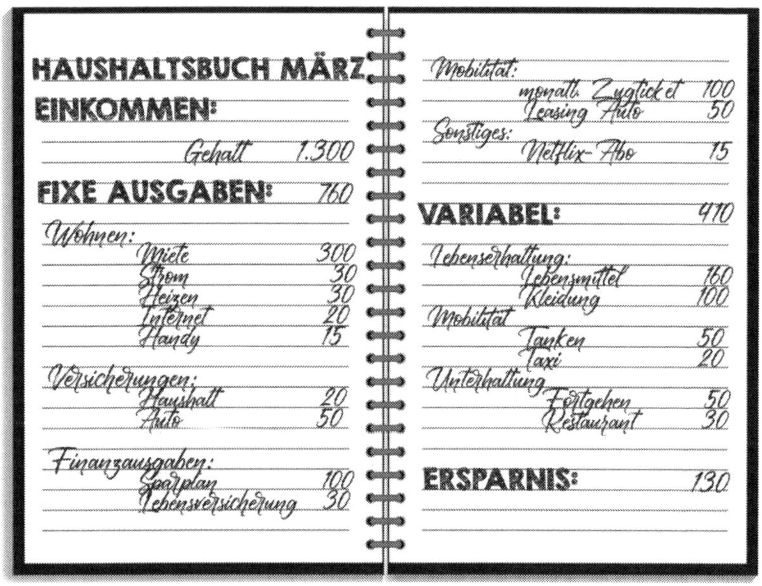

Beispiel wie ein Haushaltsbuch in einem Monat aussehen könnte.

Ordnung halten

Was dir vielleicht schon in deinem Zimmer im Elternhaus schwer gefallen ist, wird in der eigenen Wohnung um einiges umfangreicher: das Aufräumen und Putzen. Nur gibt es jetzt keine Mutter mehr, die vieles davon übernimmt, ohne dass du es überhaupt mitbekommst. Das Bad wird sich nicht wöchentlich auf magische Weise selbst reinigen.

Das bedeutet, wenn du es nicht machst, wird es sehr schnell sehr unangenehm werden. Der größte Fehler ist, diese Aufgaben so lange vor dir her zu schieben, bis sie zu einem unübersichtlichen Berg herangewachsen sind.

Teile dir die Bereiche besser ein und nimm dir feste Tage vor, an denen du sie erledigst. Zum Beispiel jeden Freitag die Küche putzen und jeden Samstag das Bad. So bist du damit schon nach einer halben Stunde fertig, statt seltener, dafür aber stundenlang zu putzen.

Praxistipp

Lerne nebenbei ein wenig aufzuräumen und auf diese Art Unordnung zu verhindern, bevor sie entsteht. Gewöhne dir Routinen an, die dich wenig Zeit kosten, und erst gar kein Chaos in der Wohnung aufkommen lassen.

- Mache beispielsweise jedes Mal, wenn du aufstehst, sofort das Bett.
- Wische nach jedem Duschgang sofort über die Armaturen und ziehe die Duschwände ab.
- Wenn du kochst und darauf wartest, bis dein Essen fertig gebraten ist, nutze die Zeit, um gleich Mal über die

Arbeitsfläche und Küchenfronten zu wischen, die Abwasch zu putzen oder den Abfall zu trennen.

- Nutze Lernpausen während deiner Prüfungsvorbereitung um gedankenverloren Staub zu wischen.
- Räume jedes Mal bevor du schlafen gehst noch herumliegendes Geschirr in den Geschirrspüler oder wasche es ab und beseitige das Chaos in deinem Zimmer.
- Ausgezogene Wäsche räumst du gleich in den Wäschekorb.

Es dauert zwar eine Zeit sich das anzugewöhnen, aber du wirst sehen, nach einer Weile machst du diese Dinge automatisch. Außerdem ersparst du dir langfristig viele Nerven.

Falls sich außerdem unangekündigt Besuch auftut, brauchst du dich künftig nicht mehr genieren, dass daheim das komplette Chaos herrscht. Aber nicht nur das, das Wichtigste ist, dass du dich selbst einfach besser fühlen wirst, wenn in deinem Zuhause eine gewisse Ordnung herrscht.

Heimwerken für Anfänger

Damit du nicht wegen jeder lockeren Schraube deinen Vater einladen musst, legst du dir besser ein paar grundsätzliche Werkzeuge zu. Du musst damit nicht die gesamte Wohnung renovieren können, aber ein Regalbrett anschrauben, eine Lampe aufhängen oder eine tropfende Wasserleitung zudrehen sollte schon drin sein.

Außerdem ist es ein tolles Gefühl, wenn du zumindest einige Dinge in deiner eigenen Wohnung selbst gemacht hast. Die Wände streichen und Möbel aufbauen, sollte wirklich jeder drauf haben.

Werkzeug, das du sicher benötigst

Verschieden große Schlitz- und Kreuz-Schraubendreher, eine Flachzange und eine scharfe Zange, einen Hammer, ein kleines Sortiment Nägel und Schrauben, einen Zollstock und ein Cuttermesser. In Werkzeugkoffern gibt es oft eine gute Sammlung an wichtigen Werkzeugen zu einem günstigen Preis.

Eine etwas größere Anschaffung ist ein elektrischer Schraubendreher/Bohrer. Wenn du etwas mehr in der Wohnung werkeln möchtest, kannst du dir vielleicht einen zum Geburtstag oder zu Weihnachten wünschen.

Kosten einsparen

Wenn dich die laufenden Kosten schon heftig beanspruchen, solltest du keine zusätzlichen Belastungen haben. Wähle den günstigsten Internetvertrag und verringere in dem Anlauf vielleicht auch gleich die Kosten für deinen Handyvertrag. Strom kannst du viel sparen, wenn du in allen Lampen LED-Birnen einsetzt und Geräte sofort aussteckst, wenn du sie nicht mehr benutzt. Beim Kochen immer die passenden Töpfe verwenden und Deckel draufsetzen, denn über zu große Herdplatten und offene Töpfe geht sehr viel Leistung verloren.

Überlege dir bei Extras genau, ob du sie brauchst. Zeitschriften oder Onlinedienste wie Netflix wirken wie kleine Beträge. Doch auch kleine Beträge können sich summieren und am Ende des Monats genau der Betrag sein, der dir fehlt. Wenn es dir dennoch wichtig ist, kannst du dir vielleicht den Nutzen und die Kosten mit Freunden teilen.

Wenn du dir das Geld zum Waschen sparen willst, frag doch bei deiner Familie nach, ob du einmal pro Woche im früheren Zuhause deine Wäsche machen darfst.

CHECKLISTE: HAST DU DAS ERLEDIGT?

❶ Die richtige, zukünftige Wohnform für dich gefunden?

❷ Die wichtigsten Kosten kalkuliert und begonnen, für Anschaffungen zu sparen?

❸ Über deinen Haushalt im Alltag nachgedacht und ihn geplant?

❹ Einkaufslisten, Haushaltsbuch und ein Ordnungssystem angelegt?

❺ Die wichtigsten Werkzeuge besorgt?

KAPITEL 3

Eigenes Auto

3. Eigenes Auto

Ein Lieblingsthema aller frischen 18-Jährigen ist das erste eigene Auto! Damit du Führerschein und Autokauf gut finanzieren kannst und allzeit sicher unterwegs bist, widmen wir dem Auto ein eigenes Kapitel.

Es gibt so viele verschiedene Fahrzeuge und die Entscheidung fällt nicht leicht. Mit dem Auto kommen eine Menge Verantwortungen, aber auch Möglichkeiten auf dich zu. Dieses Kapitel hilft dir dabei, dein Auto als große Freiheit und nicht als Belastung zu erleben.

3.1. Führerschein bezahlen und bestehen

Vielleicht hast du Glück und deine Eltern bezahlen dir den Führerschein. Oft haben auch Großeltern ein Sparkonto angelegt, damit du im entsprechenden Alter Führerschein, Auto oder Studium mit diesem Geld finanzieren kannst.

Wenn das bei dir nicht der Fall ist, erarbeitest du dir das Geld dafür eben selbst - auch das hat seine Vorteile. Du lernst die Arbeitswelt kennen, weißt Geld mehr zu schätzen (weil du dafür richtig loslegen musst) und hast das gute Gefühl, es selbst geschafft zu haben. Mit einem 450 Euro-Job kannst du innerhalb weniger Monate das Geld für den Führerschein zusammen bekommen.

Je nachdem, wie schnell du die Praxisstunden durchziehen kannst, ist die Preisspanne der Führerscheinkosten sehr groß. Das hängt damit zusammen, dass jeder Fahrschüler unterschiedlich viele Fahrstunden braucht.

Der Unterricht besteht aus Theoriestunden, die jeder machen muss. Du kannst bei manchen Fahrschulen diese Stunden im Crashkurs innerhalb von zwei Wochen durchziehen. Nach bestandener Theorieprüfung kannst du mit den Praxisstunden beginnen. Jede Prüfungsanmeldung kostet extra. Darum ist es natürlich am besten, dass du dich gut vorbereitest und die Prüfung gleich beim ersten Versuch bestehst.

In den Praxisstunden erwarten dich auch einige Hürden, die du nehmen musst. Meist beginnst du mit dem Fahrlehrer auf dem Verkehrsübungsplatz. Je nachdem, wie gut es dort klappt, lässt er dich früher oder später in den richtigen Straßenverkehr. **Wenn du Geld sparen willst, kannst du das am besten durch möglichst wenige Übungsstunden erreichen.** Du kannst mit einem Elternteil oder anderen Führerschein-Besitzern auch privat auf den Übungsplatz gehen und dir schon einiges beibringen lassen. Mit etwas Geschick kannst du dann mit dem Fahrlehrer schon nach der ersten Übungsstunde (in der du dich beweist) auf die Straße.

Es gibt eine vorgeschriebene Anzahl von Praxisstunden, die ein Fahrschüler ablegen muss. Davon muss eine gewisse Anzahl auf Bundes- und Landstraßen, bei Dämmerung oder im Dunkeln sowie auf der Autobahn gefahren werden. Sei dir aber bewusst, dass es nicht nur um Schnelligkeit, sondern vor allem um Fahrsicherheit geht. Nimm lieber ein paar Extrastunden, wenn du dich für die Prüfung noch nicht bereit fühlst.

Die wenigsten Fahrlehrer belassen es nur bei den vorgeschriebenen Stunden, denn sie fühlen sich (zurecht) dafür verantwortlich dafür, nur fahrtaugliche Schüler auf den Straßenverkehr loszulassen. Also vertraue deinem Fahrlehrer und spare nicht am falschen Ende. In der Prüfung musst du beweisen, dass du sicher und korrekt in allen Lagen bleibst. Der Prüfer wird dich durch möglichst schwierige Verkehrslagen schicken und besondere Situationen wie z.B. eine Notbremsung von dir verlangen. Sei also auf alles vorbereitet!

3.2. Welches Auto soll es sein?

Endlich ist es soweit, du hast viel gearbeitet, konsequent gespart und kannst dir dein eigenes Auto leisten! Das ist einer der tollsten Momente in deinem bisherigen Leben, denn mit dem eigenen Auto kommt die große Freiheit.

Endlich nicht mehr ständig Bus und Bahn fahren oder die Eltern anbetteln müssen. Du kannst Ausflüge machen, Freunde abholen und sogar allein in den Urlaub fahren. Es stellt sich nur erst einmal die Frage, welches Auto es denn nun sein soll?

Bist du meistens allein oder nur mit einer weiteren Person unterwegs und parkst nicht so gerne in enge Parkplätze? Dann suche dir für den Anfang ein ganz kleines Auto. Die sind günstig im Unterhalt, verbrauchen weniger Benzin und passen in die kleinste Lücke.

Wenn du aber gerne verreist, auch mit Freunden zusammen und (vielleicht aufgrund eines Hobbys) **oft viel Stauraum im Auto brauchst,** dann wähle einen Kombi. Darin kannst du zum Beispiel auch mal übernachten, wenn du alle Sitze umlegst. Du kannst mehrtägige Ausflüge machen oder auf Festivals fahren. Eine kleine Camping-Ausstattung oder gar kleine Möbel beim Umzug haben in vielen Kombis ebenfalls Platz.

Klar ist, dass sich die wenigsten 18-Jährigen einen Neuwagen werden leisten können. Es wird also wahrscheinlich ein gebrauchter. Da ein Auto speziell in den ersten Jahren sehr viel an

Wert verliert, wirst du einen **Gebrauchtwagen zu einem wesentlich günstigeren Preis bekommen.**

Den Gebrauchtwagen solltest du mit viel Vorsicht aussuchen. Wenn du im Internet oder beim Gebrauchtwagenhändler eine engere Wahl getroffen hast, geht es zur Besichtigung.

Äußerlich begutachten kannst du das Auto selbst, aber wenn du nicht gerade eine Ausbildung zum Automechaniker machst oder schon jahrelang an Autos herumgeschraubt hast, solltest du dir Hilfe holen. Nimm eine erfahrene Person mit, die dein Wunschauto genau unter die Lupe nehmen kann. Denn du bekommst zwar theoretisch zu jedem Gebrauchtwagen vom Händler ein Jahr Gewährleistung, im Schadensfall kann es aber sehr schwierig sein, nachzuweisen, dass der Mangel schon beim Kauf vorhanden war.

Checkliste beim Gebrauchtwagenkauf

- **Überprüfe die Fahrzeugdokumente**
  Ist alles (wie zum Beispiel Werkstattrechnungen) lückenlos vorhanden und macht Sinn?

- **Check von Rost und Lack**
  Probleme bei Rost und Lack lassen sich am besten bei Tageslicht und im trockenen Zustand erkennen. Typische Roststellen sind an den Radläufen, am Tankdeckel, den Türkanten und den Zierleisten oder anderen Anbauteilen. Untersuche den Lack auf Unebenheit oder Farbunterschiede. Schau mit einer Taschenlampe unter das Auto und wirf einen Blick auf den Unterboden.

- **Reifenprofiltiefe messen**
  Mit einem Profiltiefenmesser oder einer 1-Euro-Münze. Letzteres geht so: Du steckst eine 1-Euro Münze in das Profil. Kannst du den goldenen Rand nicht mehr sehen, ist das Profil größer als 3 mm und muss noch nicht gewechselt werden.

- **Scheiben checken**
  Begutachte die Scheiben bei Tageslicht auch nach kleinen Schäden. Diese können sich nämlich innerhalb von kurzer Zeit als große Probleme entpuppen.

- **Lichter begutachten**
  Funktionieren Blinker, Scheinwerfer, Bremslichter, Nebelscheinwerfer und -schlussleuchten sowie Rückleuchten. Haben diese Risse?

- **Blick ins Innere**
  Wirf einen Blick auf Sitzbezüge, Sicherheitsgurte und das Armaturenbrett. Außerdem solltest du dich vergewissern, ob Scheibenwischer, Hupe, alle Lampen, Fensterheber, Spiegel, Heizung, Gebläse und Klimaanlage einwandfrei funktionieren. Alle Gummidichtungen sollten in einem einwandfreien Zustand sein.

- **Kilometerstand kontrollieren**
  Stimmt der Kilometerstand mit den Dokumenten überein und passt er zum Zustand des Autos?

- **Blick in den Motorraum**
  Siehst du Rost, einen Öl- oder Flüssigkeitsverlust?

- **Motor starten**
  Starte den Motor und achte darauf, ob er problemlos anspringt und flüssig läuft.

- **Probefahrt und Bremstest**
  Führe diese in einem geschützten Umfeld durch. Bestehe auf eine Probefahrt und achte auf die Schaltung und Lenkung. Vibriert das Fahrzeug und/oder Lenkrad bei höherer Geschwindigkeit? Zieht der Wagen in eine Richtung, wenn du während des vorsichtigen Bremsens das Lenkrad loslässt. Zieht die Handbremse in Schritttempo gleichmäßig?

Noch wichtiger ist ein geschultes Auge beim Kauf eines Gebrauchten von Privatpersonen. Die sind dir keinerlei Garantie schuldig und es gilt: Gekauft wie gesehen. Sobald du mit dem Auto wegfährst, sind alle Probleme damit ausschließlich deine Probleme.

Unter die Motorhaube schauen, das Auto von unten auf Rost untersuchen und eine ausführliche Probefahrt sind vor der Entscheidung also ein Muss! Sollte der TÜV abgelaufen sein oder bald ablaufen, kannst du sagen, dass du das Auto nur mit neuem TÜV kaufst, den der Verkäufer noch machen lassen soll. Dann hast du etwas mehr Sicherheit und kaufst nicht die Katze im Sack.

Zögere nicht, kleine Mängel anzusprechen und den Preis runter zu handeln. Wer ein Auto verkauft, setzt den Preis bewusst höher an, weil er davon ausgeht, dass gehandelt wird. So kannst du vielleicht zusätzlich ein paar Euro rausholen, die du dann anderweitig ins Auto investieren kannst (Sitzbezüge, ein neues Radio, eine Grundreinigung...).

3.3. Dein Auto finanzieren

Mit dem Kaufpreis allein ist es nicht getan, denn ein Auto hat jede Menge laufende Kosten. Weil die meisten aber nicht monatlich anfallen, geraten sie schnell in Vergessenheit. Und wenn die Rechnung dann kommt, ist oft kein Geld dafür da. Schauen wir uns alle Kosten mal im Überblick an:

Benzinkosten

Klar, um das Auto zu bewegen, braucht es Treibstoff. Da sich die Benzinkosten ständig ändern, ist ein genauer Preis dafür schwer festzulegen. Du kannst dir aber angewöhnen, immer dann voll zu tanken, wenn der Literpreis gerade sehr niedrig ist. Und das Auto nur benutzen, wenn es sein muss und du die Strecke nicht genauso gut laufen kannst. Nur weil du jetzt ein Auto hast, musst du nämlich nicht faul werden! Außerdem macht es durchaus Sinn die Spritpreise bei den Tankstellen in deiner näheren Umgebung zu vergleichen.

Leasingpreis

Eine Alternative zum Autokauf ist das Leasing, eine Finanzierung bei der du eine monatliche Rate für dein Traumauto bezahlst. Verdienst du ein gutes und zuverlässiges Einkommen und willst nicht warten, bis du den Betrag für ein Auto gespart hast? Dann ist das vielleicht eine Option für dich, mit der du dir sogar einen zuverlässigen Neuwagen leisten kannst. Weil die Raten monatlich fällig sind, besteht keine Gefahr, diese Kosten zu vergessen.

Autoversicherung

Die Versicherung ist meist das Teuerste am Auto, vor allem für Fahranfänger! Da laut Statistik diese die meisten Unfälle verursachen, lassen sich Versicherungen das gut bezahlen. Du beginnst mit sehr hohen Prozentsätzen und zahlst erst nach und nach weniger, nachdem du jahrelang unfallfrei gefahren bist. Eine Alternative ist, dein Auto z.B. über deine Eltern als Zweitwagen anzumelden. Dann bekommst du die guten Konditionen von deren Vertrag. Melde dich aber unbedingt als Zweitfahrer an!

Autosteuer

Je nach Autotyp fallen ganz unterschiedliche Steuern an. Es gibt bestimmte Autos (etwa der bei Jugendlichen beliebte Tuning-Wagen Golf 3), die besonders hoch versteuert werden. Aber auch für ältere Autos, die eine besonders große Umweltverschmutzung verursachen, sind hohe Steuern fällig. Bevor du ein Auto kaufst, informiere dich im Internet auf jeden Fall vorab, ob dir die Steuern dafür finanziell das Genick brechen.

Reparaturen

Da du wahrscheinlich einen Gebrauchtwagen kaufen wirst, musst du mit Reparaturkosten rechnen. Lege unbedingt jeden Monat einen kleinen Betrag zur Seite, damit du im Notfall eine Werkstattrechnung bezahlen kannst (vor allem, wenn du das Auto dringend brauchst, um zur Arbeit zu kommen). Je nach Schaden kann so eine Rechnung dir den Traum vom Auto nämlich gründlich zerstören und dein gerade gekauftes Auto liegt erst einmal still.

Inspektion und TÜV

Nicht nur Neuwagen, auch Gebrauchte sollten regelmäßig zur Inspektion gebracht werden. Dort wird festgestellt, ob noch alles in Ordnung ist oder sich ein Schaden anbahnt. In vielen Fällen ist es finanziell besser, das rechtzeitig zu bemerken und beheben zu lassen. Wenn du erst wartest, bis ein Schaden sich bemerkbar macht, wird es meist teurer. Auch Verschleißteile müssen regelmäßig überprüft und ausgetauscht werden, um einen Totalschaden zu vermeiden.

Darüber hinaus, muss dein Auto regelmäßig zur Untersuchung. Erkundige dich in deiner Werkstatt vorab über die Preise, damit du das Geld dafür einplanen kannst.

3.4. Alternativen für weniger Geld

Der Traum vom Auto ist für dich trotz Nebenjob und eisernem Sparen noch lange nicht erreichbar? Lass dich nicht entmutigen, irgendwann ist die Zeit der Ausbildung vorbei und auch du wirst hinter deinem eigenen Lenkrad sitzen.

Bis dahin gibt es ein paar Ideen, wie du trotzdem hin und wieder die Freiheit genießen kannst, überall hinfahren zu können. Denn gerade als Fahranfänger ist es wichtig, zumindest hin und wieder deine neuen Fähigkeiten zu benutzen. Auch das Autofahren verlernt sich wieder, wenn man es direkt nach dem bestandenen Führerschein nicht mehr tut.

Auto mit Geschwistern teilen

Wenn du Geschwister in einem ähnlichen Alter oder vertrauenswürdige Freunde hast, könnt ihr euch den Traum vielleicht gemeinsam erfüllen. Geteilte Kosten lassen sich viel besser tragen und auch die Verantwortung für Pflege, rechtzeitigen Überprüfungen lassen sich aufteilen. Natürlich bedeutet das auch, das Auto nicht immer spontan zur Verfügung zu haben. Ihr müsstet einen Plan erstellen, wer es wann am dringendsten braucht und in den restlichen Zeiten solidarisch und freundschaftlich entscheiden. Überlege dir gut, ob eure Freundschaft oder Geschwisterliebe diese gemeinsame Verantwortung tragen kann und achte auf faire Absprachen.

Ein Auto für die WG

Nicht nur Freunde oder Geschwister können sich ein Auto teilen, auch für größere Gruppen eignet sich das Modell und die Kosten verteilen sich auf mehr Menschen. Viele (vor allem nachhaltig denkende) Wohngemeinschaften verzichten ganz bewusst auf ein eigenes Auto für jeden Einzelnen. Ein Auto pro WG kann sehr gut funktionieren, wenn jeder die meisten Wege weiterhin mit dem Fahrrad, dem Bus oder zu Fuß erledigt. Für gemeinsame Großeinkäufe, Urlaube oder Ausflüge gibt es aber dennoch ein Auto, das gerecht geteilt wird. Auf jeden Fall besser, als überhaupt keines zur Verfügung zu haben, oder?

Elternauto gegen Geld leihen

Falls du nur gelegentlich ein Auto nutzen willst, musst du dafür nicht unbedingt ein eigenes haben. Sprich doch mal mit deinen Eltern, ob du hin und wieder gegen einen kleinen Betrag (oder einen vollen Tank bei Rückgabe) ihr Auto für einen Tag ausleihen kannst. Wahrscheinlich bist du dort bei der Versicherung sowieso schon als Zweitfahrer eingetragen. Wenn sie das Auto gerade nicht brauchen, etwa am Wochenende, kannst du damit einen Ausflug machen. Sei aber dann so fair, die Kosten zu übernehmen, solltest du einen kleinen Schaden verursachen (und das passiert als Fahranfänger schon mal).

Carsharing-Dienste nutzen

Carsharing ist vor allem in größeren Städten eine sehr beliebte Leistung. Die meisten größeren Carsharing-Firmen sind inzwischen fast überall vertreten (einer davon jeweils auch in den meisten kleineren Orten). Du meldest dich dort an und zahlst eine kleine jährliche Gebühr, dafür bekommst du eine Chipkarte oder eine Art Universalschlüssel.

Wenn du ein Auto benötigst, kannst du es dir vorab auf der Website des Anbieters reservieren und es einfach abholen. Eine gewisse Kilometeranzahl ist meistens bereits im Preis enthalten, weitere Kilometer bezahlst zu zusätzlich. Je nach Anbieter und Deal bringst du das Auto danach wieder an denselben Platz zurück oder kannst es auf einem anderen Parkplatz abstellen.

Mit Carsharing genießt du die Freiheit, hin und wieder ein Auto zu haben, ohne die gesamte Verantwortung dafür zu tragen. Es gibt sogar Privatmenschen, die sich auf Sharing-Börsen im Internet eintragen und ihr eigenes Auto gegen einen kleinen Preis zur Verfügung stellen.

CHECKLISTE: HAST DU DAS ERLEDIGT?

❶ Geld für deinen Führerschein erarbeitet oder gespart?

❷ Genug für die Theorieprüfung gelernt?

❸ Ausreichend Praxisstunden gehabt, um dich bei der Prüfung sicher zu fühlen?

❹ Ein für dich passendes Auto ausgesucht und begonnen, darauf zu sparen?

❺ Dich über die exakten Kosten für dieses Auto informiert?

❻ Alternativen zum eigenen Auto überdacht?

KAPITEL 4

Ernährung

4. Ernährung

Deine Ernährung ist der Treibstoff deines Körpers. Aber leider ist gesunde, einfache und gleichzeitig günstige Ernährung eine Herausforderung. Der stellen wir uns gemeinsam und schauen uns genau an, welche Möglichkeiten du hast.

Egal ob für die Uni, Zuhause oder unterwegs, gesunde und trotzdem leckere Ideen helfen dir im Alltag. Und es gibt Spartipps beim Einkaufen, ohne dass deine Ernährung darunter leiden muss.

4.1. Was ist eigentlich gesund?

Wenn du gerade bei deiner Familie ausgezogen bist, stehen die Chancen hoch, dass du dich erst einmal sehr simpel ernähren wirst. Vermutlich gibt es wochenlang Fertiggerichte und Tiefkühlpizza. Das ist ganz normal und eine Art Protest gegen, dein bisheriges Leben, immer gegessen zu haben, was auf den Tisch kam. Du hast bestimmt Spaß daran, dir jeden Tag die gleiche Pizza in den Ofen zu legen und fühlst dich dabei frei und selbstverantwortlich.

Aber genauso schnell wird dir auch auffallen, dass dieses Essen einen Körper nicht besonders gut ernährt. Du hast zwei Stunden nach der Mahlzeit bereits wieder Hunger und musst nochmals etwas essen. Auf Dauer wird das auch noch ziemlich teuer, denn du bekommst bei Fertiggerichten nicht besonders viel für dein Geld.

> Auch wenn dein junger Körper dir viel verzeiht und ungesunde Ernährung nicht direkt Folgen hat, wirst du dich früher oder später nach einer richtig nahrhaften Mahlzeit sehnen.

Was genau beinhaltet eine solche Mahlzeit? **Wenn du es dir einfach machen willst, kannst du beginnen, dein Essen nach der Tellermethode zu planen:**

Ein Drittel der Portion sollte aus Gemüse und Salat bestehen, ein weiteres Drittel aus Kohlenhydraten und das letzte Drittel aus Proteinquellen. Das klingt kompliziert, lässt sich aber (wenn du die Anteile nicht akkurat abmessen willst) ganz einfach machen. Du kannst sogar eher ungesunde Lieblingsgerichte in gesunde Mahlzeiten verwandeln, wenn du sie ergänzt. Wie das geht, schauen wir uns im nächsten Kapitel an.

Du solltest außerdem wissen, was **gute Kohlenhydrat- und Proteinquellen** sind. Kohlenhydrate werden zwar oft als Dickmacher verteufelt, aber dein Körper braucht sie dringend für die Energie. Achte darauf, dass du Kohlenhydrate auswählst, die dein Körper wirklich verwerten kann. Zum Beispiel Naturreis, Kartoffeln und Vollkornpasta. Für die wichtigen Proteine solltest du nicht drei Mal täglich zu Fleisch und Milchprodukten greifen, denn die sind in großen Mengen ungesund und außerdem relativ teuer. Gesunde und günstige Proteinquellen sind vor allem alle Hülsenfrüchte (also Linsen, Bohnen und Erbsen). Die kannst du ganz leicht in Suppen, Eintöpfe, Currys und Salate einbauen.

Um Gemüse zu finden, dass dir schmeckt, kannst du dich nach und nach durchprobieren. Sei offen und kreativ, probiere vor allem verschiedene Arten der Zubereitung aus. Paprika zum Beispiel schmeckt komplett anders, je nachdem, ob du sie roh isst, kochst oder brätst. Hast du erst einmal verschiedene Lieblingsgemüse aufgetan, solltest du deinen Teller damit so bunt wie möglich gestalten! Je mehr verschiedene (natürliche!) Farben darauf vorkommen, desto mehr verschiedene Nährstoffe und Vitamine bekommst du.

4.2. Mahlzeiten gesünder machen

Jetzt schauen wir uns ein paar Beispiele an, wie du ganz einfach deine Lieblingsgerichte etwas gesünder abwandeln kannst.

1. Beispiel: Spaghetti mit Tomatensoße

Statt weißer Nudeln kannst du ganz einfach Vollkorn-Spaghetti kochen. Die schmecken etwas kräftiger und du wirst viel schneller und länger von der gleichen Portion satt. Für die Tomatensoße suchst du dir zwei bis drei Gemüsesorten aus, die du gern isst (dazu passt gut Brokkoli, Zucchini, Aubergine oder Zwiebeln). Die werden in der Pfanne angebraten und dann unter die Soße gemischt. Es sind immer noch Spaghetti mit Tomatensoße, aber bunter und jeder Bissen schmeckt anders.

2. Beispiel: Pizza

Auch Pizza kannst du zu einer richtig gesunden Mahlzeit umwandeln, wenn du dir etwas mehr Zeit lässt und Arbeit machst. Pizzateig kannst du (zumindest teilweise) mit Vollkornmehl machen. Dadurch bekommst du mehr gesunde Kohlenhydrate. Dann belegst du deine Pizza nicht nur mit Salami und Käse, sondern packst dir buntes Gemüse drauf. Frischer Spinat, Oliven, Paprika und Tomatenscheiben machen deine Pizza zu einem Geschmackserlebnis und du brauchst dazu nicht einmal einen Salat, damit es gesund wird.

3. Beispiel: Beilagensalat

Isst du auch oft einen kleinen grünen Salat als "Alibisalat" zu einer ungesunden Mahlzeit dazu? Du kannst daraus eine volle Mahlzeit machen, die du dir nicht rein zwingen musst. Brate dein Lieblingsgemüse knusprig an und mach einen warmen Salat daraus, würfle dir Fetakäse in den Salat, nimm verschiedene grüne Blätter (nicht nur Eisbergsalat, sondern etwa auch Rucola und Babyspinat). Außerdem kannst du harte Brotränder zerbröseln und mit etwas Knoblauch in der Pfanne rösten, als knuspriges Topping. Sei kreativ und mische pikante mit süßen Zutaten. (Hast du zum Beispiel schon mal Apfelstücke oder Mandarinen in einem bunten Salat versucht?).

4.3. Finde deine Wunderzutaten

Was soll denn das sein, fragst du dich jetzt vielleicht?

> Mit Wunderzutaten sind die Lebensmittel gemeint, die für dich eigentlich immer funktionieren.

Das kann dein Lieblingsgemüse sein, deine Lieblingsnudeln oder dein Lieblingsbrot mit Belag. Bisher hast du dir aber wahrscheinlich keine großen Gedanken darüber gemacht, ob deine liebsten Lebensmittel auch kostengünstig und vielseitig sind.

Deshalb macht es Sinn, jetzt einfach nochmal ganz neu auf die Suche zu gehen. Dann findest du Zutaten, die du liebst, mit denen du viel machen kannst und die auch noch bezahlbar sind. Ein paar Tipps für den Anfang:

Lieblingsgemüse

Kaum jemand mag alle Gemüsesorten und das ist auch nicht nötig. Aber probiere dich mal durch die Sorten, von denen du große Mengen für wenig Geld bekommst. Das sind vor allem Karotten, Tomaten, Blumenkohl, Kohlrabi, Spitzkohl, Paprika und vieles mehr.

Wenn du dich mit einer Suppengemüse-Mischung anfreunden kannst, ist das ein tolles Basic für den Tiefkühler. Denn eine Tüte tiefgekühltes Suppengemüse ist die perfekte Grundlage für jede Suppe, enthält verschiedene Vitamine und Nährstoffe und ist sehr günstig. Auch grüne Bohnen, Erbsen und Brokkoli bekommst du gefroren oft in größeren Mengen und günstiger, als frisch. Und da das Gemüse direkt nach der Ernte eingefroren wird, sind auch noch alle Vitamine drin.

Brot und Brotbelag

Weißes Brot und Toast ist zwar günstig, aber im Verhältnis zur Sättigung bekommst du trotzdem wenig für dein Geld. Denn du wirst sehr schnell wieder hungrig und musst viel mehr davon essen. Besser ist Vollkornbrot, denn das sättigt lange und gibt deinem Körper auch mehr, womit er arbeiten kann. Wenn du Spaß am Backen hast, kannst du dir ganz simples Brot aus Vollkornmehl einmal pro Woche selbst backen. Günstiger geht es kaum und du kannst darin verbacken und verpacken, was du willst: Kräuter, Nüsse, Kerne...

Und was hast du gerne auf dem Brot? Wurst und Käse ist in großen Mengen weder gesund noch günstig. Probiere doch mal verschiedene Aufstriche, die gibt es in vielen pikanten und süßen Geschmacksrichtungen. Vom Aufstrich reicht eine dünne Schicht und das Glas hält dir so bestimmt eine Woche. Du kannst pikante Aufstriche außerdem zum Aufpeppen von Nudelsoßen oder Salatsoßen verwenden.

Lieblingsmüsli

Fertig gemischtes Müsli ist nicht nur echt teuer, sondern enthält auch viel Zucker und wenig sinnvolle Zutaten. Du kannst dir eine große Menge Müsli einfach selbst mischen und dabei Rücksicht auf deine Vorlieben nehmen.

Mische dir einfach kernige Haferflocken mit deinen Lieblingsnüssen (noch leckerer sind die, wenn du sie in Pfanne oder Ofen vorher röstest) und deinem liebsten Trockenobst. Wenn du am Morgen Schokolade willst, kannst du bei den Backzutaten einfach Schokoladendrops kaufen und sie dazu mischen. Du kannst dir ein Frühstück ohne Cornflakes nicht vorstellen? Dann gönne dir eine Packung und streue dir täglich eine Handvoll über das Müsli.

Suppen und Soßen

Die meisten Gerichte werden erst so richtig gut, wenn sie eine gute Soße oder Suppenbasis haben. Da können die Zutaten noch so lecker sein, wenn die Soße nicht passt, schmeckt es nicht. Deshalb solltest du dich nach ganz unterschiedlichen, simplen Soßen-Rezepten umsehen und sie sammeln.

Teile sie auf nach Nudelsoßen, Soßen für Fisch- oder Fleischgerichte, Soßen für Aufläufe oder für Salate. Auch bei Suppen kommt es darauf an, ob du eine ungewürzte Brühe verwendest oder dich traust, mit Gewürzen und Kräutern zu experimentieren. Je mehr unterschiedliche Soßen und Suppen du kennst und kannst, desto abwechslungsreicher wird es, selbst wenn du oft ganz ähnliche Zutaten verwendest.

4.4. Spartipps beim Einkaufen

Um mit deinem Wochenbudget klar zu kommen, gibt es drei ganz simple Faustregeln:

- Geh niemals hungrig einkaufen!
- Schreibe dir immer einen Einkaufszettel!
- Pack nichts in den Einkaufswagen, was nicht auf dem Zettel steht!

Trotzdem kommt es bestimmt manchmal vor, dass du an der Kasse plötzlich mehr bezahlst, als du vorhattest. Verwende in Zukunft den Taschenrechner auf deinem Handy und tippe jeden Betrag ein, wenn du ein Produkt in den Wagen legst.

Gewöhne dir außerdem an, nach der günstigsten Option von einem Produkt zu suchen. Du kannst etwa ausgefallene Nudeln für mehrere Euro bekommen, aber auch solche für nur einen Euro. Meistens stehen die günstigeren Produkte ganz unten im Regal und die teuren auf Augenhöhe.

Denk ebenfalls daran, dass es verschiedene Versionen von ein und demselben Lebensmittel gibt. Wenn du Bohnen oder Linsen fertig gekocht in der Dose kaufst, bezahlst du im Verhältnis viel mehr, als wenn du eine Packung trocken kaufst und sie selbst kochst. Oft bekommst du zum Beispiel von einem Produkt ein Kilo trocken für den gleichen Preis wie 200 Gramm aus der Dose.

Sei realistisch, wenn du dir neue Rezepte aussuchst. Oft sind dafür Zutaten nötig, die teuer sind und die du nie wieder danach verwenden wirst. Wenn bestimmte Zutaten nur für ein

Rezept funktionieren und du sie nicht vielseitig einsetzen kannst, ist das rausgeworfenes Geld, egal wie lecker das Gericht klingt. Überlege dir, ob du diese Zutaten ersetzen oder einfach weglassen kannst.

Nicht nur beim Einkaufen, auch bei der Planung kannst du bereits vorausschauend sparen. Muss ein Eintopf mehrere Stunden kochen? Das kostet dich nicht nur viel Zeit, sondern auch Strom. Verlangt ein Rezept von dir, dass du ein Dutzend verschiedene Gemüsesorten schälst und schneidest? **Sei ehrlich zu dir und frage dich, ob du das wirklich tun wirst** oder doch zu faul bist und das Gemüse letztendlich im Abfall landet.

CHECKLISTE: HAST DU DAS ERLEDIGT?

1. Dir überlegt, welche Quellen der verschiedenen Nährstoffe du gerne isst?
2. Eine Sammlung leckerer und gesunder Rezepte angelegt?
3. Ungesunde Lieblingsrezepte abgewandelt?
4. Beim Einkaufen immer eine Liste und einen Taschenrechner dabei?
5. Deine Wunderzutaten gefunden, die du immer daheim hast?
6. Dir angewöhnt, Preise zu hinterfragen und nach günstigen Alternativen zu suchen?

KAPITEL 5

Sicherheit

5. Sicherheit

Je selbstständiger du wirst, desto mehr bist du allein unterwegs oder für dich selbst verantwortlich. Du musst folgenschwere Entscheidungen treffen und dich auf dein Bauchgefühl und deinen Verstand verlassen. In diesem Kapitel lernst du deshalb, wie du in allen Lebensbereichen gut auf dich aufpasst.

Es geht um Datensicherheit im Internet, um den Umgang mit Alkohol und Drogen, um erste Hilfe und Selbstverteidigung. Denn Vorsicht ist immer besser, als Nachsicht!

5.1. Privatsphäre

Auch wenn es reizvoll ist, das eigene Leben mit vielen anderen Menschen zu teilen, gibt es viele Stolpersteine. Denn mach dir keine Illusionen:

> So etwas wie Privatsphäre gibt es im Internet nur dann, wenn du extrem konsequent und reflektiert bist. Sie ist hart erkämpft und es gehört eine Menge Selbstbeherrschung dazu!

Nehmen wir Instagram als Beispiel. Dort folgen dir bestimmt nicht nur die engsten Freunde, sondern auch viele Fremde. Das ist schmeichelhaft, vor allem weil du dich dort mit deiner Schokoladenseite darstellst. Schnell bekommst du den Eindruck, dass du beliebt bist und möchtest deinen Followern dafür etwas bieten. Sie sollen dir treu bleiben und sich weiterhin für dich interessieren. Da passiert es schnell, dass du unbedacht sehr private oder unangebrachte Dinge in einer Story postest.

Macht nichts, denkst du dir, weil die Story ja nach einem Tag wieder verschwindet? Und selbst hochgeladene Bilder kannst du ja wieder löschen, wenn sie dir doch nicht gefallen?

Denk daran, dass Follower sich jederzeit Screenshots machen können und deine Bilder so für die Ewigkeit gespeichert sind und schnell frei zugänglich im Netz landen können.

Je freizügiger oder auffälliger deine Posts sind, desto mehr spezielle Menschen werden darauf aufmerksam. Das sind vielleicht Leute, mit denen du im wahren Leben niemals etwas zu tun haben würdest. Aber seine Follower kann man sich schließlich nicht aussuchen und wie unangenehm oder seltsam sie sind, findest du vielleicht nie heraus. Fakt ist aber, dass sie Zugriff auf dein Leben haben.

Mach dir also vor jedem Post ausführlich Gedanken darüber, ob du dieses Bild oder diese Informationen wirklich mit jedem (Freund, Arbeitgeber oder "Feind") teilen wollen würdest. Lasse dich auch von aufdringlichen "Fans" nicht dazu überreden, mehr von dir Preis zu geben, egal wie schmeichelnd sie mit Komplimenten um sich werfen. Je weniger du zur öffentlichen Person wirst, die alles mit jedem teilt, desto mehr kannst du dir selbst treu bleiben.

Und beachte: Auch wer heute dein bester Freund ist, stellt Morgen vielleicht ein im Vertrauen geschicktes, privates Foto öffentlich ins Netz.

> Das bedeutet für dich ganz konsequent, dass viele persönliche Bilder und Texte einfach online nichts verloren haben, sondern ganz altmodisch nur auf deiner Festplatte eine Daseinsberechtigung haben.

5.2. Dein Online-Auftritt

Jetzt ist dir bestimmt klar, wie du deine Person im Internet am besten schützt. Aber es gehört noch viel mehr dazu, einen sicheren und kompetenten Auftritt im Netz zu pflegen. Und der ist wichtig, denn nicht nur Familie und Freunde interessieren sich dafür, wie du dich online darstellst. Auch zukünftige Partner und Arbeitgeber machen sich oft ein erstes Bild über dich, indem sie dich googeln. Versuche es einmal selbst, du könntest überrascht sein, was da alles aus den Tiefen des Webs über dich auftaucht.

Alles, was irgendwann mal über dich oder von dir gepostet wurde, lässt sich wieder finden, denn das Internet vergisst nichts. Darüber hast du leider oft keine Kontrolle, denn Schulen, Vereine oder Freunde veröffentlichen häufig Bilder oder Infos von und mit dir, ohne dich vorher zu fragen.

Umso wichtiger ist es, dass du mit einem durchdachten eigenen Onlineprofil gegenhältst. Und das geht ganz einfach so:

Schritt 1

Überlege dir genau, auf welchen Plattformen du ein Profil erstellen willst. Besser einige wenige und dafür gepflegte Profile, als überall vertreten sein und sich dann nicht darum kümmern. Wähle bewusst aus, welches Profilbild du benutzt und welche deiner Interessen du über dein Profil vertrittst. Ein interessantes Profil zeigt Persönlichkeit, Vielseitigkeit und Leidenschaft für deine wichtigsten Lebensthemen.

Konzentriere dich aber nicht zu verbissen auf ein oder zwei Themen, sonst wirkst du schnell einseitig. Frage ein paar Menschen aus deinem Umfeld (enge Freunde, aber auch entfernte Bekannte), welchen Eindruck sie von deinem Profil haben.

Schritt 2

Achte darauf, wer deine Profile sonst noch mitgestaltet. Bei Facebook zum Beispiel können dich deine Freunde problemlos auf jedem beliebigen Foto verlinken (auch auf sehr peinlichen Partybildern, die dein Chef oder deine Mutter wirklich niemals sehen sollten). Überlege dir gut, ob du das nicht in den Facebook-Einstellungen unterbinden möchtest und diese Verlinkung zuerst freigeben möchtest, bevor sie online geht.

Auch Kommentare unter deinen eigenen Posts können bei Facebook oder Instagram sehr schlecht rüberkommen, wenn sie allzu persönlich werden. Du kannst zwar gewisse Funktionen mit den Einstellungen übersteuern, aber rede mit deinen Freunden darüber, wenn dir auffällt, dass sie weniger darüber nachdenken als du. Mach ihnen klar, dass du auf den Plattformen so rüberkommen willst, dass auch Kollegen oder Familienmitglieder dir folgen können. Bitte sie, dich nirgends zu verlinken, ohne dich zu fragen und keine flapsigen Kommentare zu hinterlassen.

Außerdem solltest du regelmäßig deine Profile überblicken und kontrollieren, was es dort Neues gibt. So kannst du unerwünschte Kommentare oder Links zeitnah löschen.

Schritt 3

Finde den richtigen Umfang an Zeit, die du online verbringst. Wenn du deine Profile pflegen und aktuell halten willst, solltest du natürlich regelmäßig von dir hören lassen. Alle paar Tage ein Bild posten oder etwas teilen, dass dich beeindruckt hat. Wenn du aber mehrmals täglich alles teilst, was dir gerade so passiert oder dir durch den Kopf geht, kommt das nicht so gut rüber (es sei denn, du bist beruflich Influencer).

> Ständig alles online zu stellen erweckt den Eindruck, als würdest du kaum noch in der und für die Realität leben.

Wer mit dir zu tun hat, läuft dann schnell Gefahr, ebenfalls in die Öffentlichkeit gerückt zu werden und das möchte nicht jeder! Außerdem könnte man auf den Gedanken kommen, dass du dich in der Selbstdarstellung verrannt hast und süchtig nach öffentlicher Aufmerksamkeit bist. Auch das ist kein wünschenswerter Eindruck, den künftige Vorgesetzte oder ein Wunschpartner von dir gewinnen sollte.

5.3. Passwörter

Deine Sicherheit im Internet hängt unter anderem davon ab, wie viel Aufmerksamkeit du deinen Passwörtern schenkst. Oft ist es unvorstellbar, dass du selbst Opfer eines Hackers wirst.

Vielleicht denkst du dir "Bei mir ist doch nichts zu holen". Aber Hacker haben es nicht immer nur auf Geld abgesehen, sondern können auch deine Identität stehlen.

Selbst wenn du kein Geld auf der Bank hast, hast du dennoch einen Überziehungskredit und wer in deinem Namen einkauft, kann dir ordentlich Schulden hinterlassen. Um dir zu schaden oder sich zu bereichern, reicht es bereits aus, lediglich die Daten deines E-Mail-Accounts zu kennen.

Natürlich sollst du jetzt nicht überall das Böse wittern und dich ständig als potenzielles Opfer fühlen. Aber ein bewusster Umgang mit sensiblen Daten ist niemals übertrieben! Halte dich an folgende Passwort-Regeln und du bist erstmal sicher:

- Benutze niemals das gleiche Passwort für mehrere Accounts! Falls du dir deine Passwörter leichter merken willst, verwende kryptische Abwandlungen eines sicheren Basis-Passwortes.

- Deine Passwörter dürfen niemals enthalten: Deinen Namen, Namen deiner Freunde oder Familienmitglieder, Namen von Haustieren, Geburtsdaten oder deine Adresse.

- Schreib dir deine Passwörter niemals auf und speichere sie erst recht nicht in deinem Handy ab!

- Nutze nicht die Option, das Passwort vom PC speichern und dann automatisch ausfüllen zu lassen. Vor allem wenn du einen Laptop hast, denn der wird leicht gestohlen.

Gute Passwörter sind zum Beispiel bunte Kombinationen von Dingen, die nur du weißt. Etwa eine Mischung aus deinem Lieblingsbuch, Lieblingsfilm und Lieblingsessen. Noch besser sind Details, die für niemanden sonst eine Rolle spielen. Erinnere dich etwa an deinen besten Urlaub, den schönsten Moment darin und an die Farbe des Himmels in diesem Augenblick, kombiniert mit dem Geruch in der Luft.

Es gibt gute Apps, die deine Passwörter verwalten und dabei so professionell verschlüsseln, dass du dich damit sicher fühlen kannst. Bedenke aber, dass du dann sehr von deinem Handy (und dessen zuverlässiger Funktion) abhängig bist.

5.4. Onlinebanking

In manchen kleineren Orten gibt es schon überhaupt keine Bankfilialen mehr. Immer weiter wird das Bankgeschäft in die virtuelle Welt verlegt. Und das ist auch kein Wunder, denn du hast viel mehr Möglichkeiten, wenn du so viel selbst erledigen kannst.

Deine Überweisungen machst du schnell vom PC aus, Daueraufträge richtest du selbst ein und wenn du dein Konto checken willst, musst du dafür nicht zum Bankautomaten laufen. Da in der heutigen Zeit viel weniger mit Bargeld gezahlt wird, siehst du dieses Gerät wahrscheinlich sowieso eher selten.

Wenn du auf dein Konto online zugreifen willst, musst du zuerst mit deiner Bank einiges an Papierkram erledigen. Dann bekommst du deine Zugangsdaten und PIN geschickt und kannst direkt loslegen.

> Mach dir stets bewusst, dass es sich um reales Geld und damit eine ernste Angelegenheit handelt!

Das wird schnell vergessen, wenn du nur Zahlen auf dem Bildschirm sieht und sehr schnell lockerer damit umgehst.

Damit du beim Onlinebanking sicher bist, gibt es ein paar wichtige Dinge zu beachten:

- Logge dich niemals auf öffentlichen PCs in dein Bankkonto ein.
- Öffne auf dem eigenen PC immer ein privates Fenster für Bankgeschäfte.
- Lösche nach dem Onlinebanking unbedingt den Browserverlauf.
- Speichere deine Login-Daten nirgends ab oder schreibe sie auf aufschreiben oder abspeichern. ODER Speichere deine Login-Daten nur in deinem Kopf.

5.5. Alkohol und Drogen

Es ist ein sehr umstrittenes Thema, aber in der heutigen Welt eben ganz normal, dass du dich sehr wahrscheinlich mit Drogen auseinandersetzen wirst. **So zu tun, als wäre das nicht der Fall, hilft niemandem.** Besser ist es, offen damit umzugehen und so auf einer sicheren Basis herauszufinden, wie du damit umgehen willst.

Dein Umgang mit Alkohol

Auch Alkohol zählt zu den Drogen, obwohl er gesellschaftlich sehr anerkannt ist und oft vergessen wird, wie mächtig er eigentlich wirkt. Du wirst mit 18 Jahren bestimmt schon Alkohol getrunken haben. Nun darfst du es ganz offiziell und kannst ihn sogar selbst kaufen (und zwar stärkere Sorten als nur Bier).

Nur weil du es jetzt darfst, solltest du es aber nicht übertreiben. Alkohol ist Gift für deinen Körper, der umständlich verarbeitet und neutralisiert werden muss.

Wenn du betrunken bist, fühlst du dich zwar sehr frei und locker, aber deine Selbstkontrolle ist viel geringer. **Es passiert schnell, dass du etwas sagst oder tust, was dir langfristig viele Probleme bereiten kann.**

> Finde also in einem entspannten Umkreis heraus, wie viel du trinken kannst, bis du genug hattest und die Kontrolle verlierst. Auf diese Weise lernst du wie viel du verträgst und wo deine Grenzen liegen.

Das wird wahrscheinlich ein paar Mal schief gehen. Lass dich davon nicht in eine, "Ach, egal"-Haltung treiben. Viel zu schnell unterschätzt du die Power von Alkohol und wirst dessen Opfer, statt ihn kontrolliert zu nutzen.

Drogen kennenlernen?

Noch heikler ist der Umgang mit nicht legalen Drogen. Bestimmt wird dir irgendwann die eine oder andere Droge zum Ausprobieren angeboten.

Das kann ganz harmlos aussehen, aber schlimme bis sogar tödliche Folgen haben. Ein Joint von einem Fremden kann mit dir unbekannten Substanzen gestreckt sein. Die unschuldig und natürlich aussehenden Pilze können noch Wochen später gefährliche Flashbacks auslösen (stell dir nur vor, das passiert dir hinter dem Steuer, wenn du das Auto voller Freunde hast...). Und eine lustige bunte Pille, die laut Anbieter "ganz harmlos" ist, kann dich für Tage zu einem anderen Menschen mutieren lassen. So willst du dein Leben als erwachsener Mensch sicher nicht beginnen!

> Wenn du auf sichere Art und Weise zum Beispiel einmal Gras rauchen willst, dann plane einen Kurzurlaub in Amsterdam, wo du kontrollierte Ware ganz legal in einem Coffeeshop rauchen kannst.

Mehr Erfahrungen musst du mit Drogen dann aber wirklich nicht gemacht haben.

Faustregeln

Du bist dir unsicher, was noch OK ist und was ein Problem werden kann? Du willst dich ausprobieren, aber dabei nicht übertreiben? Dann halte dich doch einfach an ein paar einfache Faustregeln, die du immer im Hinterkopf hast:

- Wenn du etwas ausprobierst (harten Alkohol oder einen Joint etwa), dann nur Zuhause und mit Menschen, denen du vertraust!

- Bevor du neuen Alkohol trinkst oder etwas rauchst, informiere dich gut darüber, worum es sich handelt!

- Wenn du nicht ganz genau weißt, was du angeboten bekommst, dann verzichte darauf!

- Du bist vom Alkohol locker und lustig, dein Gleichgewicht fühlt sich anders an? Jetzt ist der Zeitpunkt, nicht mehr weiter zu trinken.

- Trinke niemals, um ein schlechtes Gefühl zu betäuben. Rauschmittel sollten immer nur positive Gefühle verstärken.

- Wenn du merkst, dass du regelmäßig trinken oder rauchen willst, dann lege bewusst eine größere Pause ein, um dich wieder zu kontrollieren.

- Sag dir niemals "Der/die trinkt noch viel mehr als ich und kommt auch klar". Schlechtes Verhalten wird nicht besser durch noch schlechtere Vorbilder.

- Habe nicht ständig Alkohol im Haus, sondern besorge welchen zu besonderen Anlässen, den du dir mit anderen teilst.

5.6. Das Wichtigste im Notfall

Notfälle gibt es so viele verschiedene, dass du natürlich nicht immer auf alle vorbereitet sein kannst. **Es gibt aber ein paar Umstände, die relativ häufig eintreten. Mit etwas Planung erleichterst du dir den Umgang damit.** Das bedeutet nicht, dass du immer und überall Angst vor einem Unfall gleich welcher Art haben sollst. Aber du kannst dich sicherer fühlen, wenn du weißt, was du in dem Fall tun musst.

Erste Hilfe Kurs

Wenn du deinen Führerschein machst, ist der Kurs sowieso Pflicht. Aber auch unabhängig vom Straßenverkehr macht ein solcher Kurs für den Notfall Sinn. **Jeder Mensch sollte wissen, wie er im schlimmsten Fall einen anderen verbinden, versorgen und wiederbeleben kann.** Wenn du selbst einen Unfall hättest, würdest du schließlich auch wollen, dass Umstehende in der Lage sind, dir zu helfen. Weil du aber ziemlich schnell wieder verlernst, was du nicht regelmäßig anwendest, solltest du den Kurs alle paar Jahre wiederholen. Mit der Zeit weißt du dann sicher, wie du Verletzungen versorgst, Ruhe bewahrst und mit Menschen unter Schock umgehst.

Deine Notfall-Kontakte

Stell dir vor, du hast einen Unfall und niemand erfährt davon. Polizei und Krankenhäuser tun natürlich ihr Möglichstes, um Angehörige schnell zu informieren. Du kannst ihnen das wesentlich erleichtern, wenn du immer deine Notfallkontakte bei dir trägst. Entweder in deiner Tasche, deinem Portemonnaie oder gleich auf dem Startbildschirm deines Handys (das darf dann aber nicht gesperrt sein!).

Ein anderes Szenario wäre ein psychischer Notfall. Wenn in deinem Leben etwas Schlimmes passiert und du unter Schock stehst oder einen Nervenzusammenbruch erleidest, brauchst du schnell vertraute Menschen um dich. Je nach Schicksalsschlag hast du in so einer Situation vielleicht nicht den Nerv, erst zu überlegen, wen du jetzt an deiner Seite haben willst.

> Überlege dir deshalb vorsorglich zwei bis drei Personen, die dir in einem Notfall wirklich Halt und Sicherheit geben würden.

Speichere dir deren Nummern unter Schnellwahltasten ab oder schreibe sie auf Post-Its, die du sichtbar in deinem Zuhause anbringst.

Vorbereitung statt Nachsicht

Jeder Mensch hat die Tendenz, sich in gewisser Weise als unverwundbar zu erleben. Auch du denkst bestimmt öfter "Das passiert mir doch nicht". Im besten Falle hast du damit Recht. Aber im schlimmsten Falle erteilt dir das Leben eine heftige Lehre und du bist völlig nichts ahnend. Folgende Vorbereitung solltest du also mindestens treffen:

- Hänge dir einen Erste-Hilfe-Kasten auffällig ins Bad. So haben du und deine Gäste sowie alle Mitbewohner immer schnellen Zugriff auf wichtige Materialien.

- Speichere dir Notfall-Nummern ins Handy. Dazu gehört die Gift-Hotline, eine Verbrennungs-Hotline und natürlich die Feuerwehr, Polizei und Krankenwagen (auch wenn dir das verrückt vorkommt, im Schockzustand fallen dir vielleicht die einfachsten Zahlen nicht mehr ein)

- Kümmere dich darum, dass der Erste Hilfe Kasten in deinem Auto immer vollständig und nicht abgelaufen ist. Das ist nicht nur Vorschrift, sondern kann im Ernstfall Leben retten.

5.7. Selbstverteidigung und Vorsorge

Leider kannst du dich auf dieser Welt nicht immer und überall sorgenfrei und sicher fühlen. Je nachdem, wo du lebst und wie du unterwegs bist, drohen dir alle möglichen Gefahren.

Damit du nicht aus Angst auf vieles verzichten musst, kannst du ein paar Vorkehrungen treffen, um sicherer zu sein. Manchmal ist es leider angebracht, im Sinne der eigenen Sicherheit nicht alles zu tun, was möglich ist. Dabei kommt es auf dein Bauchgefühl und deine genaue Einschätzung der jeweiligen Situation an. Mach erst einmal den Test und finde heraus, wie sicher du bisher unterwegs bist.

Wie gut passt du auf dich auf?

SELBSTTEST

1. Deine Freunde fragen dich, ob du mit zu einer Party gehst. Du fragst nach:

   A Wann geht es los und welchen Alkohol gibt es dort?

   B Wo genau ist die Party und wer trinkt nichts und fährt in der Nacht zurück?

   C Wer ist alles dabei? Wann genau kommen wir wie nach Hause? Habe ich dort Handyempfang? Kann ich die Kontaktdaten aller Anwesenden vorab bekommen?

❷ Du bist nachts allein in einer verlassenen Straße unterwegs. Wie verhältst du dich?

A Ich lenke mich mit meinem Handy ab und schaue nicht genau, wo ich hingehe.

B In der Jackentasche halte ich mein Pfefferspray in der Hand und ich höre genau hin, was um mich herum passiert.

C Ich schreibe einem Freund jede Minute, wo ich mich genau befinde und schaue mich alle 10 Sekunden panisch um.

❸ In einem Club fällt dir auf, dass dich jemand ständig komisch anschaut. Was tust du?

A Ich zeige der Person den Mittelfinger und mache mich später allein auf den Heimweg.

B Ich mache meine Freunde darauf aufmerksam und bitte sie, die Person im Auge zu behalten.

C Ich schließe mich panisch auf der Toilette ein, bis einer meiner Freunde sich bereit erklärt, mich nach Hause zu bringen.

❹ Du bist allein auf Reisen. Was hast du auf jeden Fall dabei?

A Genügend Alkohol, einen Plan mit den besten Clubs und meinen gefälschten Ausweis.

B Meinen Impfpass, Versicherungskarte, Pfefferspray und Brustbeutel für mein Geld.

C Ich würde niemals auf die Idee kommen, alleine zu verreisen!

❺ Nach einer Partynacht ist euer Fahrer leicht angetrunken. Was machst du?

A Ich lache mich kaputt und hebe noch einen Schnaps mit ihm zusammen.

B Ich nehme ihm die Schlüssel ab und rufe für uns alle ein Taxi.

C Ich rufe die Polizei und laufe dann weg, weil ich Angst vor Ärger habe.

❻ Schon nach einer kurzen Unterhaltung will jemand deine Adresse haben.

A Ich schreibe sie der Person auf und sage "Kannst jederzeit vorbeikommen".

B Ich biete an, Nummern zu tauschen und sich bald mal irgendwo zu treffen.

C Ich drehe mich um und flüchte, merke mir aber den Namen, um das Internet nach Horrorstorys über die Person zu durchsuchen.

❼ Jemand, den du über eine Flirt-App kennen gelernt hast, will freizügige Fotos.

A Ich mache ihm/ihr ganz frisch ein paar aufreizende Bilder von mir.

B Ich schreibe, dass ich die Frage ziemlich unpassend finde und breche den Kontakt ab.

C Ich melde die Person beim Betreiber und poste auf Facebook Warnungen über ihn/sie.

8 Im Fernsehen wird über einen ausgebrochenen Kriminellen berichtet und gewarnt.

A Ich schaue gespannt zu und hoffe, dass ich der Person begegne. Das wäre aufregend!

B Ich merke mir das Gesicht genau und gehe in den nächsten Wochen nicht alleine weg.

C Ich kaufe mir Vorräte ein und verbringe möglichst viel Zeit Zuhause in Sicherheit.

Zu welchen Antworten tendierst du am meisten?

Ergebnis

Überwiegend A

Du glaubst an das Gute in allen Menschen und auch daran, dass du immer gesund und munter aus allen Situationen herauskommen wirst. Dir ist noch nicht viel Schlimmes im Leben passiert und du bist dir sicher, dass sich daran nichts ändern wird. Darum gehst du selten auf Nummer sicher, sondern nimmst im Leben alles mit, was möglich ist. Dadurch agierst du oft ziemlich naiv und bist gefährlich unterwegs. Lies dir die nächsten Abschnitte unbedingt genau durch und überdenke deine Einstellung! Du kannst bestimmt ein paar Sicherheitsvorkehrungen treffen, die dich nicht in deiner Freiheit behindern werden.

Überwiegend B

Du bist weder leichtgläubig noch sehr risikobereit. An deinem Leben und deiner Gesundheit liegt dir viel, deshalb passt du auch gut darauf auf. Lieber einmal zu viel voraus geschaut, als hinterher bereut, ist dein Motto. Mit dieser Einstellung bist du meistens ziemlich sicher unterwegs. Du lässt dich auf Situationen, die sich falsch anfühlen, lieber nicht ein. Und im Zweifelsfalle planst du um, bevor du dich in Gefahr begibst. So solltest du weitermachen und dich nicht von deinem Weg abbringen lassen.

Überwiegend C

Du hast genügend Horrorfilme gesehen um zu wissen, dass das Böse und das Unglück hinter jeder Ecke lauern. Ohne mehrfache Sicherheitsvorkehrungen traust du dich auch tagsüber nicht allein aus dem Haus. Wenn eine Aktion allzu sehr nach Abenteuer klingt, lässt du sie lieber bleiben. Und alles, was nicht exakt voraus planbar ist, kommt für dich überhaupt nicht in Frage. So bist du zwar extrem sicher unterwegs, verpasst aber ca. die Hälfte des wahren Lebens dadurch. Versuche, deine Angst besser zu kontrollieren und nimm dir vor, auch mal ein paar überschaubare Risiken einzugehen.

Schütze dich selbst

Vielleicht hast du nach diesem Test erkannt, dass du noch ein bisschen an deiner Sicherheit arbeiten musst. Und keine Sorge, so schwer ist das nicht. Um auf dich selbst zu achten, musst du vor allem eines: **Dir selbst wichtig sein.** Es darf dir nicht egal sein, ob du sicher nach Hause kommst oder nicht. Dein Leben muss Priorität für dich haben und du solltest dich so beschützen, wie deine Mutter dich beschützt hat, als du noch ein Kind warst. Diese Verantwortung liegt ab jetzt bei dir!

Eine sehr gute Idee, für Männer und Frauen gleichermaßen, ist ein Selbstverteidigungskurs oder das Erlernen eines Kampfsports. Dort lernst du ganz professionell, wie du dich gegen Angreifer behaupten kannst. Du übst Handgriffe, mit denen du eine bedrohliche oder streitsüchtige Person außer Gefecht setzen kannst, ohne sie ernsthaft zu verletzen. Wenn du erst einmal genug Übung hast, werden dir diese Griffe und Schritte ins Muskelgedächtnis übergehen und du kannst sie jederzeit einsetzen. Ein toller Bonus: Durch die innere Sicherheit, wird sich ebenfalls deine Ausstrahlung verändern. Wenn du weißt, dass du dich im Notfall verteidigen kannst, gehst du aufrechter und selbstbewusster durch die Straßen. Man wird dir ansehen, dass du keine Angst hast und somit kein leichtes Opfer bist. Dadurch reduzierst du automatisch die Zahl der potenziell gefährlichen Situationen.

Deine Ausstattung

Es gibt einige Dinge, die du immer bei dir haben solltest, um auf jede mögliche Situation vorbereitet zu sein. Das bedeutet nicht, dass du jedes Mal, wenn du kurz einkaufen gehst, einen Notfallrucksack mit dir herumschleppen musst. Aber wenn du für mehrere Stunden das Haus verlässt oder die halbe Nacht unterwegs bist, nimmst du lieber dein Notfallset mit. Es reicht eine kleine Tasche oder ein schmaler Rucksack, denn wir sprechen hier nicht von einer ausgewachsenen Survival-Ausrüstung! Du sollst damit nur über den Tag und durch einen kleinen Notfall kommen, nicht eine Woche in der Wildnis überleben. Diese Dinge sollte deine Tasche enthalten:

- ein Ladekabel für dein Handy (und eventuell eine geladene Powerbank)
- verschieden große Pflaster, ein Verbandpäckchen und Desinfektionsspray
- Pfefferspray und/oder ein Kubotan (Druckverstärker)
- Traubenzucker und ein Energieriegel

- eine kleine Flasche Wasser
- eine kleine Taschenlampe mit Stroboskop-Funktion
- eventuell ein Mini-Nähset (wenn dir öfter mal Kleidung reißt)
- Schmerztabletten, Durchfalltabletten und etwas gegen Übelkeit/Bauchschmerzen

Do's und Dont's

Jetzt weißt du, wie du dich am besten auf Notfälle vorbereitest. Aber viel besser wäre es doch, wenn es soweit überhaupt nicht kommen müsste.

Viele Situationen kannst du durch vorausschauendes Verhalten vermeiden oder durch entschärfendes Verhalten beruhigen. Denn die meisten Unfälle, Schlägereien oder ähnliches passieren, weil Menschen impulsiv reagieren. Das muss nicht sein, wenn du lernst, dich selbst im Auge zu behalten und dich unter Adrenalin zu beobachten.

> Atme langsam und konzentriert, nimm dir einen Augenblick Zeit, um nachzudenken. Nur in sehr seltenen Fällen bist du einer Situation wirklich machtlos ausgeliefert.

Es gibt fast immer eine sichere Art, aus solch einer Situation heraus zu kommen. Verinnerliche dafür einige "Verhaltensregeln". Sie helfen dir dabei, in vielen unangenehmen Situationen den richtigen Weg einzuschlagen:

- In unbekannten und abenteuerlichen Situationen solltest du immer nüchtern, wach und konzentriert bei der Sache sein.

- Im Zweifelsfalle hilft dir in einer komischen Lage dein Bauchgefühl. Höre genau in dich hinein, was deine Instinkte dir raten und handle danach!

- Wenn die Stimmung zwischen Menschen aggressiv ist, solltest du dich ruhig und neutral zurückziehen. Wenn möglich, nimm Menschen, die gefährdet sein könnten und selbst den Absprung nicht schaffen mit aus der Situation.

- Sind Waffen oder grobe Gewalt im Spiel, geh niemals alleine dazwischen! Sprich andere Anwesende an, um gemeinsam und geplant sicher einzugreifen oder rufe direkt die Polizei.

- Bist du Zeuge eines Unfalls, greif nur helfend ein, wenn du dich selbst dabei nicht in Gefahr bringst! Du bist nicht in einem Hollywoodfilm, in dem der Held immer unversehrt aus den Flammen steigt.

- Es ist niemals eine Schande, um Hilfe zu bitten oder zu rufen. Viele Menschen fühlen sich erst zum Helfen angehalten, wenn du sie direkt ansprichst.

- Wenn jemand bereits angetrunken ist und/oder sich auffällig verhält, halte Abstand. Provoziere diese Person niemals "aus Spaß", denn du weißt nicht, wie sie reagiert und was sie bei sich trägt oder was sie in der Lage ist, mit dir anzustellen.

- Kümmere dich in Notfällen immer zuerst darum, dass du selbst sicher bist und dann um andere Menschen. Sonst wirst du selbst zu einem weiteren Opfer.

- Wenn du bei einem Unfall oder einer Verletzung eingreifst, tu es nur, wenn du dir mit deiner Aktion sicher bist. Unwissenheit und Ungeschicklichkeit können die Lage für das Opfer verschlimmern.

- Du bist allein unterwegs oder gehst auf eine Party bei Unbekannten bzw. auf ein Date? Auch, wenn du jetzt volljährig bist - lass Freunde oder Familie wissen, wo du hingehst. Verabrede einen Zeitrahmen, in dem du dich meldest, wenn alles OK ist.

CHECKLISTE: HAST DU DAS ERLEDIGT?

1. Deinen Online-Auftritt überprüft und bewusst gestaltet?
2. Passwörter und Datensicherheit angepasst?
3. Herausgefunden, wo deine Grenzen beim Alkohol liegen?
4. Einen Erste Hilfe Kurs gemacht?
5. Deine Wohnung und Tasche/Rucksack für den Notfall ausgestattet?
6. Einen Selbstverteidigungskurs absolviert?

KAPITEL 6

Finanzen

6. Finanzen

Du bist jetzt in einer Lebensphase, in der dein eigenes Geld immer wichtiger wird. Jetzt geht es nicht mehr um Taschengeld, sondern um richtige Summen, von denen du leben musst.

An dieser Stelle wollen wir die finanzielle Fragen genau unter die Lupe nehmen und dafür sorgen, dass du dein Geld einteilen kannst. Außerdem sind die Planung von großen Anschaffungen, Vorsorge für die Zukunft (Stichwort Sparen), Bankkonten und Kreditkarten wichtige Punkte. Abschließend geht es darum, welche Versicherungen dein Geld wirklich wert sind.

6.1. Dein Geld-Mindset

Jeder Mensch hat eine ganz eigene Einstellung zum Geld. Für manche ist es nur Mittel zum Zweck, für andere der Mittelpunkt ihres Lebens. Einige sind in der Mitte des Monats pleite und haben kein Problem damit. Andere fühlen sich nur gut, wenn sie einen dicken Puffer auf dem Konto angespart haben.

Auch wenn es natürlich OK ist, deine eigene Beziehung zu Geld zu haben, tut es doch gut, sich den Umgang damit bewusst zu machen. Denn dass es dir mit deinem Geld-Mindset nicht wirklich gut geht, merkst du oft erst, wenn du schon tief in den Schulden steckst. Stell dir also mal diese Fragen:

- Wie viel Geld hast du gerade auf dem Konto?
- Wie viel Geld hast du auf einem Sparkonto (wenn du eines besitzt)?
- Welche Beträge werden noch diesen Monat abgebucht?
- Welche größeren Beträge werden noch dieses Jahr abgebucht?

Konntest du alle Fragen ganz einfach beantworten? Oder musstest du erst in chaotische Ordner abtauchen und Kontoauszüge vom letzten Monat wälzen? Wenn das der Fall ist, musst du dringend an deinem Geld-Mindset arbeiten, weil du es bisher hast schleifen lassen.

Solange du noch bei den Eltern gewohnt und lediglich mit deinem Taschengeld auskommen musstest, war das kein Problem. Wenn das Geld aus war, hast du trotzdem gut überlebt. Aber jetzt spielt Geld eine vollständig neue Rolle in deinem Leben. Es ernährt dich, verschafft dir ein Dach über dem Kopf, macht dich mobil und gibt dir Sicherheit. Mach dir diese Veränderung sehr bewusst und gewinne dadurch einen anderen Blick auf deine Finanzen.

6.2. Sparen und vorausplanen

Beim Umgang mit Geld geht es nicht nur darum, dass du für den Augenblick oder die nächsten Wochen ausreichend hast. **Du musst auch immer mit einrechnen, dass Unvorhergesehenes passiert.** Das Auto kann kaputt gehen, die Stromrechnung höher ausfallen als gedacht, oder du wirst krank und musst teure Medikamente kaufen.

Manches kannst du vorausplanen, anderes wird dich völlig unerwartet überrumpeln. Dann freust du dich, wenn du Geld für genau solche Fälle zur Seite gelegt hast. **Du bist sehr gut beraten,**

wenn du ein Haushaltsbuch führst, einen Überblick über deine Ausgaben hast und auch einen Puffer für Unvorhergesehenes einplanst. Wie du ein Haushaltsbuch führst, haben wird dir in Kapitel 2.5. erklärt.

Ein weiterer wichtiger Punkt ist deine Zukunft. In deinem Alter erscheint es vielleicht total verrückt, an deine spätere Familiengründung oder gar Rente zu denken. Aber alle diese Lebensphasen kommen auf dich zu und sind ein Teil deines Lebens. Nur du bist dafür verantwortlich, wie sie sich gestalten werden, wenn es soweit ist. Du sparst im besten Falle also langfristig für dein weiteres Leben und eine sorgenfreie Zukunft.

Tipp

Lege dir zwei Sparpläne an. Ein einfaches Sparkonto ist dafür da, im Notfall genügend Geld greifbar zu haben. Je nach deinem Einkommen kannst du darauf jeden Monat einen kleinen Betrag gleich per Dauerauftrag einzahlen.

Ein gesicherter Sparplan ist dafür gedacht, dir eine entspannte, fernere Zukunft zu ermöglichen. Informiere dich über die Alternativen am besten selbst und vertraue nicht blind einem Bank- oder Finanzberater.

Sparen und vorausplanen bedeutet nicht nur, Geld zur Seite zu legen. Es geht auch darum, kluge Geld-Entscheidungen zu treffen.

> Bevor du einen größeren Geldbetrag ausgibst, überlege dir genau, wie sinnvoll das ist.

Brauchst du eine Waschmaschine wirklich, oder wäre es günstiger, im Waschsalon zu waschen? Muss es ein neues Handy sein, oder hat vielleicht ein Freund vor, sein gebrauchtes zu verkaufen? Wohnst du in deiner Wohnung lange genug, um genau darauf zugeschnittene Möbel zu kaufen, die in eine zukünftige Wohnung wahrscheinlich nicht passen werden?

Als Faustregel gilt: Wenn du sicher bist, etwas regelmäßig und langfristig zu benutzen, dann lohnt es sich in Qualität zu investieren.

Hüte dich vor Impulskäufen! Dir gefällt das schicke Kleid und es passt wie angegossen. Vor lauter Euphorie möchtest du es sofort kaufen, auch wenn du beim Blick auf das Preisschild kurz schlucken musstest. Schlafe mindestens eine Nacht darüber und warte noch mit deinem Kauf. Möchtest du dir (auch nachdem du darüber länger nachgedacht hast) das Kleid noch immer kaufen? Dann mach es!

6.3. Konten und Karten

Sobald du volljährig bist, bekommst du wahrscheinlich von deiner Bank alle möglichen Angebote. Von Anlageformen über Sparkonten bis hin zu Kreditkarten.

> Überlege dir gut, was du wirklich brauchst und informiere dich selbst, denn die wenigsten Angebote sind kostenlos für dich.

Du benötigst natürlich ein Girokonto, das für deine täglichen Geldgeschäfte gedacht ist. Darauf wird dein (Ausbildungs-)Gehalt eingezahlt und es gehen Miete und Nebenkosten per Dauerauftrag oder Einzugsverfahren ab. Girokonten sind sehr günstig, vor allem wenn du Onlinebanking betreibst und dir deine Kontoauszüge nicht zuschicken lässt. Manchmal gibt es darüber hinaus kostenlose Angebote, die gelten, bis du deine Ausbildung oder dein Studium abgeschlossen hast.

Zusätzlich ist ein einfaches Sparkonto immer eine gute Sache. Darauf legst du kleine Beträge zur Seite.

Tipp

Um für Notfälle gerüstet zu sein, solltest du, sobald du eigenes Geld verdienst, immer das dreifache Gehalt auf deinem Sparkonto parat haben.

Du musst im Notfall schnell darauf zugreifen können. Für beide Konten bekommst du eine Karte und kannst auf beide über dein Onlinebanking zugreifen.

Eine Kreditkarte kann zwar praktisch sein, vor allem auf Reisen, sie kostet aber meist eine jährliche Gebühr. Wenn du nicht gerade ein Auslandsjahr verbringst, ist sie eigentlich ein unnötiger, teurer Spaß.

Außerdem läufst du Gefahr, mit deiner Kreditkarte zu bezahlen. Dort siehst du deine Ausgaben nicht direkt. Was du mit der Kreditkarte ausgegeben hast, wird in regelmäßigen Abständen (meist vierteljährlich) von deinem Konto abgebucht. Wenn du diese Beträge vergessen hast, kann das eine unangenehme Überraschung werden.

6.4. Alternativen Sparkonto

In den letzten Jahrzehnten hat das klassische Sparkonto aufgrund des fallenden Zinsniveaus an Attraktivität verloren. Es macht aber nach wie vor Sinn, wie bereits erwähnt, einen Notfallpuffer, der sofort verfügbar ist, auf einem klassischen Sparkonto zu haben.

> Damit dein Geld stetig wächst, solltest du dich darüber hinaus über alternative Sparmöglichkeiten informieren.

Noch nie war es so einfach beispielsweise auf der Börse aktiv zu werden. Wenn du denkst, das ist nur etwas für jemanden, der viel Geld auf der Seite hat, täuschst du dich. Oft reichen schon 25 Euro im Monat aus, um anzufangen. Darüber hinaus gibt es mittlerweile Anlageformen, die selbst Laien verstehen, wenn sie sich ausreichend informieren.

Da es sich hier um keinen Finanzratgeber handelt, möchten wir dir keine konkrete Anlageform empfehlen. Nichtsdestotrotz möchten wir dir ein paar Eckpunkte zu alternativen Sparformen erklären.

Profitiere vom Zinseszinseffekt

Auch wenn dir das in deinem Alter noch relativ früh erscheint, kannst du auch mit geringen regelmäßigen Spareinlagen stark vom Zinseszinseffekt profitieren. Mit der Zeit wirst du mehr und mehr Vermögen ansammeln und hast so eine gute finanzielle Grundlage.

Beispiel zum Zinseszins

Du sparst jeden Monat 100 Euro mit einem fixen Zinssatz von 5 %. Nach einem Jahr wären das 1.260 Euro Kapital. Die 60 Euro Gewinn reinvestierst du. Das heißt im Jahr darauf hättest du 2.583 Euro Kapital und 183 Euro Gewinn. Zwar macht der Zinseszins in einem Jahr nicht viel Unterschied, aber auf die Jahre gerechnet hat das eine große Auswirkung.

Fängst du schon mit 18 Jahren an, jeden Monat 100 Euro mit einem fixen Zinssatz von 5 % zu investieren, hast du mit dem Zinseszinseffekt zum 65. Geburtstag ein Kapital von stolzen 219.532 Euro. Damit solltest du dir in der Rente schon etwas leisten können. Nimmst du jedes Jahr den Gewinn raus, sind es lediglich 122.788 Euro.

Je höher das Risiko, desto höher der Gewinn aber auch der Verlust!

Sei dir im Klaren, wie viel Risiko du eingehen möchtest. Auf keinen Fall solltest du mit deinen gesamten Ersparnissen alles auf eine Karte setzen und dabei ein sehr hohes Risiko eingehen. Denn wer alles riskiert, kann zwar viel gewinnen, aber ebenso alles verlieren. Jedoch ist es auch nicht ratsam, null Risiko einzugehen. Denn ohne Risiko auch kein nennenswerter Gewinn!

Du bist gut beraten, wenn du den Großteil in risikoarme Anlageformen investierst und lediglich einen überschaubaren Teil in risikoreiche.

Diversifiziere

Um das Risiko zu minimieren, solltest du nicht auf das eine Pferd setzen. Achte auf deine Balance im Portfolio und sei möglichst breit über alle Länder und Branchen aufgestellt. So gibt es beispielweise Anlageformen, die die wichtigsten Aktien der bedeutendsten Länder zusammenfassen. Selbst, wenn sich eine Aktie daraus schlecht entwickelt, wird das durch die vielen anderen Aktien in die du investierst, abgefedert. Wenn du diversifizierst werden sich die Verluste in Grenzen halten, egal wie sich die Weltwirtschaft entwickelt.

Altersvorsorge oder mehr Geld fürs Leben?

Welches Ziel verfolgst du mit deiner Geldanlage? Geht es dir darum, für das Alter vorzusorgen und mehr Geld in der Rente zu haben. Oder möchtest du regelmäßige Dividenden (also Geldbeträge, die du durch den Gewinn deiner Beteiligung erhältst) kassieren, um dir jetzt mehr leisten zu können. Je nachdem welches Ziel deines ist, solltest du dich für eine darauf zugeschnittene Geldanlage entscheiden.

Informiere dich selbst

Unter den Bank- und Finanzberatern gibt es viele schwarze Schafe. Deswegen solltest du dich auf keinen Fall blind auf sie verlassen. Es gibt genügend Videos und Literatur zum Thema Geldanlage. Auch wenn dich der Bereich langweilt, ist es sehr wichtig, dass du zumindest die Basics verstehst. So vermeidest du, dass dich ein Finanzberater reinlegt und dir hohe Gebühren für etwas berechnet, das du nicht auf dem Schirm hast.

Es geht auch ohne! Heutzutage gibt es sehr viele Möglichkeiten ohne einen Finanzberater aktiv zu werden. Natürlich ist das mit etwas mehr Aufwand verbunden, kann aber durchaus lukrativ sein.

> Sofern du bereit bist, Zeit zu investieren und dich ausreichend zu informieren, sparst du einiges an Kosten, die dein Finanzberater erhalten würde, um dein Vermögen zu managen.

Zudem solltest du wissen, dass sich aktiv gemanagte Anlageformen nicht unbedingt besser entwickeln wie passiv gemanagte, wo meist ein Algorithmus. Manchmal ist sogar das Gegenteil der Fall.

6.5. Welche Versicherungen brauchst du wirklich?

Versicherungen kannst du ohne Ende abschließen und ein Berater, der sein Handwerk versteht, wird dir auch für jede sehr gute Gründe liefern können. **Am besten ist es daher, wenn du dich nicht beraten lässt, sondern dir selbst Gedanken machst und informierst.** Sonst endest du mit unnötigen und teuren Versicherungen, die dein monatliches Einkommen schmerzhaft kürzen.

In den vorigen Kapiteln sind wir bereits auf Versicherungen für dein Auto und dein Zuhause eingegangen. Hier ein kleiner Überblick über einige essentielle Versicherungen:

Krankenversicherung

Wenn du angestellt bist (also nicht selbstständig und eine gewisse Einkommenshöhe überschreitest) bist du automatisch krankenversichert. Du merkst nicht einmal, welcher Betrag von deinem Gehalt dafür abgeht, weil du dein Nettogehalt erst nach den Abzügen für die Sozialversicherung erhältst.

Studierst du und hast nur einen Minijob nebenher, musst du dich selbst krankenversichern. Die Beträge sind für Studenten aber wirklich sehr gering gehalten. So günstig bist du in deinem gesamten Leben nicht mehr versichert!

Haftpflichtversicherung

Wenn du in einer eigenen Wohnung, WG oder einem Studentenheim wohnst, ist eine Haftpflicht ein Muss. Es kann immer etwas passieren, das große Kosten verursacht, die du aus eigener Tasche niemals zahlen kannst. Vielleicht setzt du das Bad unter Wasser, machst den Laptop deines Zimmergenossen kaputt oder zerschlägst ein Fenster. Unfälle mit Sachschaden passieren nun mal, aber mit einer Haftpflichtversicherung bleibst du auf dem Schaden nicht sitzen und bist hinterher nicht ruiniert.

Unfallversicherung

Diese Zusatzversicherung brauchst du eigentlich **nur, wenn du einen gefährlichen Beruf lernst,** in dem das Verletzungsrisiko sehr hoch ist. Meistens wird sie in so einem Fall vom Arbeitgeber bezahlt. Eine private Unfallversicherung ist daher eigentlich unnötig, wird aber trotzdem von vielen jungen Menschen abgeschlossen, weil der Versicherungsberater eine Horrorstory nach der anderen erzählt.

Rentenversicherung

Während einer Ausbildung oder Festanstellung gehört die Rentenversicherung fest zu den Sozialversicherungen, die quasi von dir **unbemerkt vom Lohn abgebucht werden.** Damit hast du im Rentenalter ein Anrecht auf staatliche Rente. Weil das aber noch lange hin ist und niemand weiß, wie es bis dahin um die staatlichen Rentenkassen steht, ist eine private Versicherung an dieser Stelle wichtig. Es gibt viele ergänzende Rentenversicherungen, zwischen denen du wählen kannst. Je nach monatlich eingezahltem Betrag bekommst du eine feste Auszahlungssumme ab dem Rentenalter.

Autoversicherung

Besitzt du ein Auto benötigst du eine Versicherung. Es wird zwischen einer **Kasko- und einer Haftpflichtversicherung** unterschieden. Bei der Kaskoversicherung sind Schäden an deinem Fahrzeug gedeckt. Bei der Haftpflichtversicherung werden Schäden an anderen Fahrzeugen gedeckt, die du verursacht hast. Es gibt viele unterschiedliche Versicherungspakete. Je mehr darin enthalten ist, desto mehr zahlst du. Überlege dir daher gut, was du wirklich benötigst.

CHECKLISTE: HAST DU DAS ERLEDIGT?

1. Dein Geld-Mindset an die neuen Lebensbedingungen angepasst?
2. Deine Papiere sortiert und Überblick über deine Finanzen bekommen?
3. Ein Sparkonto angelegt und dich um langfristiges Sparen gekümmert?
4. Eine Haftpflichtversicherung abgeschlossen?
5. Maßnahmen getroffen, um im Rentenalter zusätzlich abgesichert zu sein?

KAPITEL 7

Ausbildung und Karriere

7. Ausbildung und Karriere

Lass uns in diesem Kapitel über deine Karriere sprechen! Bestimmt hast du schon Ideen, in welche Richtung du gehen willst und welche Berufe dich interessieren. Wie du aus groben Vorstellungen ein berufliches Ziel schneiderst, lernst du hier.

Es geht um Jobs, Ausbildung, Studium und Auslandsaufenthalte. Mit dem Einschätzungstest findest du den richtigen Weg für dich. Auch wie du mit vorübergehender Arbeitslosigkeit umgehen kannst, ist ein wichtiges Thema. Als Bonus gibt es Tipps für richtig gute Bewerbungen und Vorstellungsgespräche.

7.1. Ausbildung, Studium oder ungelernter Job?

Es gibt viele Möglichkeiten, wie du deinen zukünftigen Beruf erlernen kannst. Je nach Berufswunsch machst du eine Ausbildung, studierst oder steigst einfach quer ein. Jeder Weg hat seine Vor- und Nachteile. Schauen wir sie uns einmal genauer an:

Ausbildung

Mit einer soliden Ausbildung stehen dir viele Wege offen. Sie ist immer ein guter Anfang, um innerhalb weniger Jahre eine berufliche Basis in der Tasche zu haben. Außerdem verdienst du dabei von Anfang an Geld. Du lernst den Beruf nicht nur theoretisch in der Berufsschule, sondern auch ganz praktisch und vor

Ort in einem Betrieb. Diese Mischung macht die Ausbildungsberufe so praxisnah und führt dazu, dass du den Beruf nach deiner Ausbildung wirklich sicher beherrschst. Wenn du später möchtest, kannst du ein Studium auf die Ausbildung setzen oder dich durch Fortbildungen steigern und dich im Betrieb nach oben arbeiten.

Studium

Durch das Studium erreichst du höher angesehene und besser bezahlte Berufe als durch eine Ausbildung. Je nach Studiengang lernst du dabei genauso lang oder länger, als bei einer Ausbildung.

Du bekommst an der Universität vor allem theoretisches Wissen vermittelt und machst ein oder mehrere Praxissemester zwischendurch. Manchmal entsteht dadurch das Gefühl, zu theoretisch und kaum praktisch ausgebildet zu sein und wenn du danach in den Beruf einsteigst, musst du in der Praxis trotzdem noch viel lernen.

Außerdem verdienst du während des Studiums nichts und viele Studenten müssen für ihren Lebensunterhalt oft nebenher arbeiten. Dafür ist dein Einstiegsgehalt jedoch bedeutend höher und du kannst langfristig viel besser verdienen als in einem Ausbildungsberuf.

Quereinsteiger

In manchen Berufen ist es immer noch möglich, ungelernt einfach mit der Arbeit zu beginnen und sofort Geld zu verdienen. Das sind meistens einfache Berufe, in denen du schnell eingelernt werden und nicht viel falsch machen kannst. Große Aufstiegschancen und ein gutes Gehalt sind dabei nicht unbedingt zu erwarten. Aber du kannst schnell und einfach Geld verdienen und Arbeitserfahrung sammeln.

Wenn du nach der Schule nicht direkt weißt, welchen Weg du gehen willst, ist das sicher eine gute Idee (auf jeden Fall besser, als nichts zu tun und eine Lücke im Lebenslauf zu entwickeln).

Praktikum

Wenn du dir komplett unsicher bist, welcher Beruf für dich passen könnte, dann sind Praktika immer eine tolle Idee! Du kannst in ganz verschiedene Berufe und Bereiche reinschauen, jede Menge lernen und dich langsam ins Berufsleben tasten.

Oft sind (vor allem längere) Praktika auch entlohnt, dabei handelt es sich jedoch eher um eine Art "Taschengeld" und kein richtiges Gehalt. Dafür hast du wenig Verantwortung, aber jede Menge Inspiration. In vielen Berufszweigen sind Praktika sogar Voraussetzung dafür, eine Ausbildung oder ein Studium beginnen zu können.

7.2. Arbeitslos! Und jetzt?

Eine Stelle zu verlieren (vor allem, wenn du dich dort wohl gefühlt hast), ist immer ein schwerer Schlag. Dazu kommt, dass du dich wahrscheinlich ständig fragst, was du falsch gemacht hast, ob du nicht gut genug bist. Mach dir unbedingt bewusst, dass Arbeitslosigkeit keine Schande ist, sondern absolut jeden treffen kann! Es gibt unzählige Gründe, warum deine Stelle geräumt werden muss.

> *Eine Zeit der Arbeitslosigkeit fühlt sich zwar erst einmal falsch und schlecht an, muss aber für deine Zukunft nicht unbedingt etwas Negatives bedeuten.*

Es kann eine Zeit der Neuorientierung sein, in der du an der Herausforderung wächst. **Während du arbeitslos bist, solltest du unbedingt zum Arbeitsamt gehen und dich erkundigen, welche finanziellen und organisatorischen Hilfen dir zustehen.** Arbeitslosengeld, Beratung, Umschulungen oder Bewerbungstraining solltest du dir nicht entgehen lassen!

Außerdem gibt es einige Möglichkeiten, wie du diese Phase sinnvoll nutzen kannst:

Kleine Jobs sind besser als keine Jobs

Während du auf eine neue Stelle wartest oder auf der Suche bist, musst du nicht nichts tun. Du kannst auch kleinere Jobs annehmen, die zwar nicht viel einbringen, aber die Lücke in deinem Lebenslauf schließen. So bleibst du in einem gewissen Arbeitsrhythmus und hast einen Grund, aufzustehen und das Haus zu verlassen. Auch wenn es sich wie ein Rückschritt anfühlt: Es ist nur vorübergehend und hilft dir dabei, wieder besser hinein zu finden, wenn dann deine neue Traumstelle auftaucht.

Praktika einschieben

Vielleicht wolltest du schon lange Mal in einen ganz anderen Beruf hinein schnuppern? Oder neue Erfahrungen sammeln und etwas ausprobieren? Oder du hast das Gefühl, dass dir in deinem bisherigen Arbeitsfeld die Praxis anderer Arbeitsbereiche zu kurz kam? Dann ist diese erzwungene Auszeit perfekt, um ein Praktikum zu absolvieren. Ähnlich wie zwischen Schule und Ausbildung sind Praktika auch in solchen Leerlauf-Zeiten perfekt, um deinen Horizont zu erweitern.

Weiterbildung oder Umschulung

Während deiner Festanstellung fehlt meistens die Zeit, um eine Fortbildung zu machen. Bist du aber gerade arbeitslos, ist das die Gelegenheit, um dich endlich weiter zu bilden. Damit polierst du deinen Lebenslauf und hast hinterher vielleicht sogar Chancen auf einen besseren Job als bisher. Oft werden diese Weiterbildungen darüber hinaus finanziell vom Arbeitsamt gefördert, wenn du gerade arbeitslos bist. Und wenn es keine Fortbildung ist, spielst du vielleicht mit dem Gedanken, etwas ganz Neues zu machen? Beim Arbeitsamt kannst du dich über mögliche Umschulungen informieren.

Such dir ein Ehrenamt

Die freie Zeit kannst du nicht nur für dich nutzen, sondern auch dafür, der Gesellschaft etwas zu geben. Es gibt zahllose

Bereiche, in denen du dich ehrenamtlich einbringen kannst. Alte oder behinderte Menschen besuchen, mit Kindern überforderter Eltern spielen, im Tierheim aushelfen oder beim Naturschutzverein mit anpacken. Egal welcher Bereich dir liegt, ehrenamtliche Arbeit ist immer eine tolle Sache! Du lernst neue Menschen kennen und erlebst, wie dein Engagement ankommt und etwas (und sei es auch nur im Kleinen) positiv verändert. Und nicht selten haben sich gerade über Ehrenämter neue Möglichkeiten und berufliche Ideen entwickelt, nach denen Menschen nochmal eine ganz andere Richtung eingeschlagen haben.

7.3. Tipps für Bewerbung und Vorstellungsgespräch

Egal ob für eine Ausbildungsstelle oder einen Karrieresprung, vor einer neuen Stelle steht immer die Bewerbungsphase. Damit du gut durch eine solche kommst und dir keine Chancen entgehen lässt, gibt es einige Tipps für die einzelnen Abschnitte der Bewerbung:

Schriftliche Bewerbung

Am Anfang steht die Bewerbung auf dem Papier, mit der du überzeugen musst. Es ist nicht einfach, nur mit Worten und Daten die Neugierde auf dich als Person zu lenken.

> Darum solltest du über deine fertige Bewerbung immer mehrere Leute drüber schauen lassen. Jedem wird eine Kleinigkeit auffallen, die du noch besser formulieren kannst.

Achte darauf, dass dein Lebenslauf vollständig und übersichtlich aufgebaut ist. Mit ihm sollte sich der Leser in wenigen Minuten einen groben Eindruck deiner bisherigen beruflichen Laufbahn machen können. Verzichte auf allzu viel grafische Gestaltung oder gar Verzierungen!

Im Anschreiben kannst du dann etwas genauer erklären, was du schon gemacht und gelernt hast. Sei darin so offen und ehrlich wie möglich, geh aber nicht zu detailliert auf Kleinigkeiten ein. Bei Interesse wirst du im Vorstellungsgespräch zu Details befragt.

Entscheidend ist darüber hinaus, dass du deine Bewerbung auf die Firma, für die du dich bewirbst zuschneidest. Der Leser merkt, ob du eine 0815-Bewerbung geschrieben hast, die genauso an zehn andere Firmen geht oder, ob du dir dabei wirklich etwas überlegt hast. Gehe auf Punkte in der Stellenausschreibung konkret ein und lasse einfließen, warum du genau für dieses Unternehmen arbeiten möchtest. Am besten liest du dir dafür das Firmenprofil auf der Website durch.

Die Vorbereitung

Wenn deine schriftliche Bewerbung gut ankam, wirst du zu einem Gespräch eingeladen. Jetzt ist es an dir, den guten schriftlichen Eindruck auch persönlich zu bestätigen. Wichtig für dein Selbstbewusstsein:

Deine Bewerbung spiegelt dich gut wider, also ist deine Person für den Arbeitgeber bereits sehr interessant! Darüber darfst du dich freuen und einfach ganz natürlich sein.

Bereite dich aber nicht nur emotional auf das Gespräch vor (indem du dich entspannst und dein Selbstvertrauen aufbaust), sondern auch aktiv. **Recherchiere so viel wie möglich über die Firma** und finde gute Begründungen dafür, warum du dort arbeiten möchtest (denn das wird garantiert gefragt!). Schreib dir auch Fragen auf, die dir wichtig sind. Denn nicht nur du musst den Arbeitgeber überzeugen: Auch du selbst musst überzeugt sein, um mit gutem Gefühl zusagen zu können.

Das Bewerbungsgespräch

Sei für das Gespräch unbedingt ausgeschlafen, frisch und gepflegt. Ein seriöses Auftreten mit einer Prise Charme ist die beste Mischung. Du bist zwar ein zuverlässiger, kompetenter und fähiger Mitarbeiter, aber eben auch ein Mensch. Und der Arbeitgeber soll dich als dieses Komplettpaket einstellen.

Achte auf die allgemeine Stimmung im Raum und wenn es passt, darfst du auch auf Scherze einsteigen und viel lächeln (aber bitte nur, wenn es echt ist und nicht verkrampft wirkt). Sei nicht nervös, wenn eine Frage dich unvorbereitet erwischt. Sag einfach ganz ehrlich, dass du darüber kurz nachdenken musst. Oder frage nach, wenn du sie nicht verstanden hast. Steh ruhig zu eher negativen Punkten deines Lebenslaufes, denn du bist nicht perfekt und musst es auch nicht sein.

Probearbeiten

Alles ist super gelaufen und du sollst zum Probearbeiten kommen? Herzlichen Glückwunsch! Jetzt nur nicht nervös werden, du bist bereits mit einem Fuß in der Firma. Es geht nur noch darum, einen Tag im tatsächlichen Aufgabenbereich zu erleben. **Das ist keine Prüfung und du musst nicht auf Anhieb alles können und verstehen** (schließlich bist du noch nicht eingelernt).

Der Arbeitgeber möchte vor allem erleben, wie interessiert und engagiert du bist. Auch ob du dich gut mit dem Team und den Kollegen verstehst und dich dort einfügst, ist für ihn wichtig. Natürlich muss es nicht nur für die Firma, sondern auch für dich passen. Also nutze den Tag intensiv dafür, dir selbst ein gutes Bild zu machen und hinterher zu wissen, ob du wirklich einen Großteil deiner Zeit dort verbringen willst.

7.4. Das bringen dir Auslandsaufenthalte

In der heutigen Welt wirst du das Gefühl haben, total flexibel und welterfahren sein zu müssen. Ein Aufenthalt im Ausland, egal ob Praktikum, Au-Pair oder Work & Travel, wird dir bestimmt von allen möglichen Seiten empfohlen. "Das muss in den Lebenslauf", "Das macht jeder", oder "Du musst deinen Horizont erweitern", sind die üblichen Argumente. Vielleicht willst du ja selbst unbedingt mal länger raus in die Welt? Auf jeden Fall hat das viele Vorteile!

- Du lernst eine Sprache zuverlässig, fließend und alltagstauglich.
- Du verlässt deine Komfortzone und traust dich etwas.
- Du lernst eine andere Kultur kennen und dich selbst anzupassen.
- Du hast zukünftig weniger Probleme, etwas Neues zu beginnen.
- Du knüpfst wertvolle Kontakte und Freundschaften.
- Du wirst selbstbewusster und selbstständiger.

Je nachdem, welchen Beruf du lernen willst und wie deine Vorliebe ist, gibt es unzählige Möglichkeiten.

> Du kannst in ein europäisches Land gehen, wo der kulturelle Unterschied nicht so heftig ist. Oder du willst gerade für den Kontrast in ein exotisches Land.

Du kannst vor Ort Jobs machen, in denen du dich bereits auskennst und Kompetenzen hast. Oder du kannst ganz bewusst etwas völlig anderes tun. Bei der Entscheidung kommt es nur darauf an, was du erleben und lernen willst. Vielleicht machst du im Vorfeld eine längere Sprachreise oder ein Praktikum, um einen Auslandsaufenthalt erst einmal auszuprobieren.

Mach dir bei allen Vorzügen aber jedoch bewusst, dass eine Zeit im Ausland anstrengend, teuer und gefährlich sein kann. Sei ehrlich zu dir selbst, denn nur du kannst beurteilen, was du dir zutraust. Abenteuerlich in ein fremdes Land aufbrechen und nach kurzer Zeit pleite und krank zurückkommen, macht keinen Spaß und dämpft dein Selbstvertrauen.

Plane so gut voraus, wie es nur möglich ist und bedenke alle Eventualitäten. Besprich dich mit Veranstaltern, auslandserfahrenen Freunden und deiner Familie. Wenn du dir dann immer noch unsicher bist, entscheide dich für eine abgespeckte Version (etwa einen kürzeren Aufenthalt, oder ein All-Inclusive-Angebot eines Work & Travel Anbieters). Vielleicht möchte auch ein Freund oder eine Freundin ins Ausland, der/die ähnliche Vorstellungen wie du hat und ihr könnt euch zusammenschließen.

Und selbst wenn du dich am Ende ganz gegen das Ausland entscheidest, bedeutet das nicht, dass du weniger erfolgreich sein wirst! Auslandserfahrungen sind keine Voraussetzung für eine Karriere oder ein selbstbewusstes Berufsleben! Nicht jeder Mensch ist der Typ dafür und es ist viel mutiger, auch dazu stehen zu können, als es durchzuziehen und zu bereuen.

Solltest du allein ins Ausland gehen?

SELBSTTEST

1. Wie oft warst du schon in anderen Ländern im Urlaub?

   A Ich habe schon fast die halbe Welt gesehen, weil ich mehrmals im Jahr Kurztrips mache, um möglichst viel zu erleben.

   B Die Hälfte von Europa bestimmt. Italien, Spanien, Dänemark, Holland, Schweden...

   C Mit meiner Familie war ich oft in Italien oder in den Nachbarländern.

❷ Wenn du am Wochenende allein ausgehst, wie fühlst du dich?

A Ich gehe meistens allein los und schaue dann, wen ich treffe. So ist es einfach spannender und alles ist offen.

B Das mache ich selten, denn ich möchte meine vielen Freunde regelmäßig treffen.

C Ich gehe immer mit einer festen Gruppe aus, in der ich mich wohl fühle.

❸ Deine erste Reise, bei der du ohne Familie unterwegs warst:

A Sobald ich 18 war, bin ich allein in ein fremdes Land geflogen, zum Backpacking.

B Eine Rundreise durch ein fernes Land mit meinen besten Freunden.

C Die erste und einzige bisher: Eine Klassenfahrt.

❹ Bei dem Gedanken an eine lange Zeit im Ausland hast du folgende Sorgen:

A Dass es mir dort zu gut gefällt und ich nicht mehr zurückkommen will.

B Dass ich den Kontakt zu meinen engsten Freunden verliere.

C Dass ich es schrecklich finde und sofort zurück nach Hause will.

❺ Dein Traum-Auslandsjahr sieht in deiner Fantasie ungefähr so aus:

A In einem exotischen Land mit Work & Travel herumreisen.

B In England oder Schweden an einem festen Standpunkt Land und Leute kennen lernen.

C In der Nähe zur Grenze meines Heimatlandes ein deutschsprachiges Praktikum machen.

❻ Weiter von deiner Heimat wegziehen bedeutet für dich...

A Auf jeden Fall Übersee und kein englischsprachiges Land.

B In ein europäisches Nachbarland, wo viel Englisch gesprochen wird.

C In das nächstgelegene Bundesland, höchstens ans andere Ende des eigenen Landes.

❼ Wie gestaltest du Kontakt zu Freunden und Familie, die weit weg wohnen?

A Wir skypen, schreiben, telefonieren, und einmal im Jahr treffen wir uns.

B Wir treffen und mehrmals im Jahr, sonst hätten wir Angst, uns aus den Augen zu verlieren.

C Alle meine Freunde und Familienmitglieder wohnen in meinem Umkreis.

Überwiegend A: Weltenbummler

Die Welt ist dein Zuhause und du musst dir keine Sorgen machen, dass du irgendwo nicht reinpasst. Du bist so offen, neugierig und aktiv, dass dir eine Zeit im Ausland sicher gut tut. Du kannst dich dabei super entwickeln, neue Seiten an dir hervor bringen und Erfahrungen sammeln. Untergehen wirst du nicht, denn du bist dir dein eigenes Zuhause. Außerdem weißt du, dass du immer wieder zurückkommen kannst. Du wirst unterwegs keine deiner wichtigen Kontakte verlieren, sondern nur mehr dazu gewinnen.

Überwiegend B: Europa-Tourist

Du verreist gerne und kannst bestimmt auch länger von Zuhause weg sein. Wohl fühlst du dich dann aber vor allem in Ländern, die nicht allzu exotisch sind. Mit deinen Englischkenntnissen fühlst du dich am sichersten, darum ist Europa deine Heimat. Ein Auslandssemester, Aufenthalt als Au-Pair oder Saisonarbeiter kann dir ein Land in Europa nochmal viel besser erschließen, als ein Urlaub. Trau dich und riskiere es, du wirst es bestimmt nicht bereuen.

Überwiegend C: Ncsthocker

Auch wenn es nach einem Abenteuer und einer Möglichkeit zur persönlichen Entwicklung klingt, macht dir das Ausland einfach zu viel Angst. Es ist nicht jeder dafür gemacht, die Heimat für eine so lange Zeit zu verlassen. Lass dir nicht von anderen einreden "Das musst du mal gemacht habe", denn du kannst auch in der Nähe deinen Horizont erweitern. Vielleicht bist du einfach noch nicht soweit und möchtest dich noch ein paar Jahre lang anderen Herausforderungen widmen.

CHECKLISTE: HAST DU DAS ERLEDIGT?

1. Dich entscheiden, welchen beruflichen Weg du einschlagen willst?
2. Dich für ein Studium angemeldet oder nach Ausbildungsplätzen gesucht?
3. Ein Bewerbungstraining gemacht oder selbst an deiner Bewerbung gefeilt?
4. Genügend Praxiserfahrung durch Praktika gemacht?
5. Einen Auslandsaufenthalt geplant oder verworfen?

KAPITEL 8

Beziehung und Freundschaften

8. Beziehungen und Freundschaften

Nach all den äußeren Lebensbereichen wollen wir jetzt nach den inneren Themen schauen. Beziehungen und Freundschaften spielen eine Hauptrolle in deinem Leben und verdienen viel Aufmerksamkeit und Zeit!

Genauso wie dein Leben, ändern sich auch deine Beziehungen. Wie gehst du jetzt als junger Erwachsener oder junge Erwachsene mit deinen Eltern um? Wie ernst können deine Beziehungen werden? Und welche Freundschaften sind echt und wertvoll? Auch zu deinen Kollegen und Vorgesetzten solltest du gute Beziehungen pflegen. Eine ganze Menge Persönliches, was du jetzt jonglieren musst.

8.1. Beziehung zu den Eltern

Dein ganzes Leben lang verändert sich die Beziehung zu deinen Eltern. Als kleines Kind warst du noch völlig von ihnen abhängig und hast meistens ihre Meinung geteilt. Aber je älter du wurdest, desto mehr wurdest du zu einer eigenen Persönlichkeit. Da gehen Einstellungen manches Mal gegeneinander und ihr müsst um eure jeweiligen Standpunkte kämpfen.

Kaum eine zwischenmenschliche Beziehung hat so viele Höhen und Tiefen, wie die zu deinen Eltern.

Gleichzeitig ist dir aber auch kaum eine Beziehung so sicher und trotz allem lebenslang bestehen bleiben. Du kannst dir eine ganze Menge leisten und deine Eltern sind (in den meisten Fällen) dennoch an deiner Seite. Oft ist dir wahrscheinlich nicht bewusst, wie viel Sicherheit dir das gibt.

Auch wenn sich die Beziehung zu deinen Eltern gesichert anfühlt, solltest du positive Zeit investieren. Denn wie gut oder schlecht es sich entwickelt, hängt auch davon ab. Wenn du jetzt ausziehst und dich mehr abgrenzt, ist das für deine Eltern nicht einfach. Sie haben oft das Gefühl, dich zu verlieren. Aber egal wie alt du wirst: Du bleibst immer ihr Kind und sie immer deine Eltern. Daran solltest du sie regelmäßig erinnern, indem du:

- sie als Erste um Rat fragst oder um Hilfe bittest, bevor du dich an andere wendest.
- ihnen aus dem Urlaub immer einen Brief oder eine Karte schickst.
- sie einfach mal so besuchst, ohne dass du etwas brauchst oder willst.

- dich auch für ihr Leben und ihre Meinungen und Werte interessierst.
- Ihnen deine Wohnung zeigst, deine Freunde vorstellst und aus deinem Alltag erzählst.

8.2. Beziehung zu den Freunden

Bestimmt kennst du den Spruch: Freunde sind die Familie, die du dir aussuchen kannst. Und wirklich, deine engsten Freunde, die dich jahrelang zuverlässig begleiten, fühlen sich irgendwann wie Familie an. **Trotzdem ist es ganz normal, dass du in verschiedenen Phasen verschiedene Freunde hast.** Nicht jede Freundschaft hält für immer und wenn du dich in eine neue Richtung entwickelst, können dich nicht immer alle begleiten. Man lebt sich manchmal einfach auseinander und das ist auch völlig OK. Die schönen Zeiten zusammen vergisst du trotzdem nicht und die Freunde bleiben damit ein Teil deiner Geschichte.

Und immer wieder gibt es einige wenige Freunde, die tatsächlich auch nach jeder Veränderung noch an deiner Seite sind. Das sind diejenigen, denen du die meiste Zeit schenken solltest, um diese einmaligen Beziehungen zu pflegen!

> Denn Freundschaften brauchen die gleiche Aufmerksamkeit, wie Paarbeziehungen. Achte darauf, dass Geben und Nehmen sich immer wieder ausgleichen und sich beide um die Freundschaft kümmern.

Wenn es mal nicht gut läuft und du unzufrieden bist, dich vernachlässigt oder ausgenutzt fühlsndt, suche das Gespräch! Auch in freundschaftlichen Beziehungen ist manchmal Arbeit erforderlich, um sie zu erhalten. Mit einem wirklich guten Freund oder einer besten Freundin an der Seite hast du deine Familie um eine wertvolle Person erweitert. Dazu gehört Offenheit, Ehrlichkeit, gemeinsame Erlebnisse und auch mal zurückstecken zu können. Wenn du das immer im Hinterkopf hast, bist auch du ein guter Freund oder eine gute Freundin.

8.3. Arbeitsbeziehungen

Wenn du eine Ausbildung oder einen Job machst, verbringst du einen Großteil des Tages mit immer gleichen Menschen. **Eine Handvoll Kollegen und deine direkten Vorgesetzten sind die Menschen, mit denen du unbedingt gut auskommen solltest.** Sonst machst du dir den Alltag unnötig schwer und wirst kaum Freude bei der Arbeit haben. Du musst nicht unbedingt neue beste Freunde in deiner Firma finden. Aber hin und wieder ein Privattalk oder ein Feierabendbierchen stärkt die Gemeinschaft ungemein. Man ist so eher bereit, sich gegenseitig zu unterstützen und den Rücken frei zu halten.

Ähnlich wie früher in der Schule, bilden sich auch am Arbeitsplatz Gruppen, es wird getratscht und Intrigen gesponnen. Halte dich aus solchem Theater am besten raus und sei wenn möglich neutral. Zwar muss dich nicht jeder mögen (den Stress solltest du dir nicht auferlegen!), aber deine Zeit und Energie sollte in die Arbeit fließen und nicht für zwischenmenschliche Dramen vergeudet werden. Ein paar einfache "Verhaltens-Tipps" helfen dir dabei, deine Arbeitsbeziehungen neutral bis positiv zu halten:

- Verbringe Pausen und Zwischenzeiten mit den Kollegen, die dir am meisten liegen, aber sei offen und freundlich zum Rest der Belegschaft.

- Lass dich nicht auf Romanzen am Arbeitsplatz ein, denn wenn sie enden, wird es bestimmt unangenehm für alle Beteiligten.

- Wenn du um Hilfe gebeten wirst, tu dein Bestes. Mach es aber nicht zur Gewohnheit, anderen ihre Aufgaben abzunehmen.

- Bei Antritt einer neuen Stelle schaust du dir erst einmal in Ruhe die Dynamik an, bevor du dich vorschnell einer "Gruppe" anschließt.

- Fehlverhalten von Kollegen besprichst du direkt mit den Betroffenen und nicht hinter deren Rücken direkt mit dem Chef.

- Zu Anlässen kannst du gerne was für alle mitbringen: Einen Kuchen oder selbstgebackene Kekse.

- Lass dich nicht dazu hinreißen, über den Chef zu lästern. Du weißt nie, ob deine Aussagen nicht um einige Ecken bei ihm auf dem Tisch landen.

- Wenn du eine Beförderung oder ein tolles Projekt bekommen hast: Freue dich! Aber nicht über die Maßen, dass du unterlegene Kollegen mit der Nase darauf stößt.

8.4. Partnerschaften

Schauen wir uns zum Schluss noch die Beziehungen an, die einem oft am wichtigsten vorkommen. Egal, ob du einen Freund/eine Freundin hast oder gerade Single bist: Eine Partnerschaft wird zukünftig immer mehr Platz in deinem Leben einnehmen (und ernster sein), als noch vor ein paar Jahren.

Trotzdem solltest du dir im Klaren sein, dass Beziehungen, die man mit 18 führt, nur sehr selten die sind, mit denen man (auch) alt wird. Das soll dir nicht die Romantik nehmen, sondern eher etwas Entlastung verschaffen, wenn eine Beziehung zu Ende geht. Auch wenn es sich wie das Ende der Welt anfühlen kann, ist es nur eine weitere Erfahrung.

Mit jeder Beziehung lernst du dazu, wie du dich verhalten kannst und willst und was du von einem Partner erwartest.

Dazu gehört leider auch, dass dein Herz gebrochen werden kann, oder du zum Herzensbrecher wirst. Denn jeder Mensch hat seine ganz eigenen Vorstellungen, von einer perfekten Partnerschaft.

> Ein guter Rat: Mach dir noch nicht zu viel Druck, den "Richtigen" oder die "Richtige" unbedingt so bald wie möglich finden zu wollen.

Gerade jetzt ist die Zeit für dich gekommen, um dich auszuprobieren und herauszufinden, wer wirklich zu dir passt. Du wirst Vorstellungen dazu gewinnen und andere wieder verwerfen. Du wirst jede Menge Spaß haben und auf Wolke sieben schweben. Du wirst aber auch einsame Phasen erleben, in denen du dir wie der einzige Single auf dieser Welt vorkommst. Genieße beides, denn du wirst dich in späteren Lebensphasen gerne an diese Zeit zurückdenken!

CHECKLISTE: HAST DU DAS ERLEDIGT?

1. Die Beziehung zu deinen Eltern nicht selbstverständlich genommen und dir überlegt, wie du sie erhalten kannst?
2. Deine Freundschaften überdacht und mehr Zeit für die "wahren" Freunde reserviert?
3. Dich auch um Kollegen und zwischenmenschliche Beziehungen bemüht?
4. Dating nicht mehr so verkrampft angegangen und deine Erfahrungen zu schätzen gelernt?

KAPITEL 9

Gesetze und Fakten

9. Gesetze und Fakten

Im letzten Kapitel widmen wir uns all den Gesetzen und Fakten, über die du Bescheid wissen solltest. Deine Rechte und Pflichten zu kennen, macht dich zu einem kompetenten Menschen, dem niemand etwas vormachen kann!

Du darfst jetzt zum Beispiel wählen und bist nach Erwachsenen-Strafrecht strafmündig. Hier findest du alles, was du dafür wissen musst, um dich in jeder Lebenslage gut entscheiden zu können. Da du mit 18 Jahren sogar heiraten darfst, gibt es auch dazu Tipps und Ratschläge.

9.1. Du darfst oder solltest wählen

Endlich bist du ein vollwertiges Mitglied der Gesellschaft und darfst auch politisch mitentscheiden. **Das ist nicht nur ein Privileg, sondern auch eine Verantwortung.** Denn bei der Wahl geht es nicht nur darum, deine Stimme stolz zu nutzen und etwas anzukreuzen, das gut klingt. Ein bisschen Arbeit ist schon damit verbunden, denn du musst dich über die Parteien und deren Wahlprogramm informieren. Nur so kannst du eine Entscheidung treffen, hinter der du zu 100% stehst und bist dir deiner Verantwortung bewusst. Und dass du auf jeden Fall immer dein Stimmrecht ausnutzen solltest, versteht sich hoffentlich von selbst?!

Tipps für Erstwähler

- Informiere dich über das Parteiprogramm der jeweiligen Parteien. Am besten geht das über die jeweilige Website.

Verschaffe dir einen Überblick und finde heraus, welche Themengebiete dir wichtig sind und wie die jeweiligen Parteien darauf eingehen.

- Bei vielen größeren Wahlen gibt es eine Online-Zusammenfassung der Wahlprogramme oder einen Online-Test mit dem du mit ausgewählten Fragen herausfindest, welche Partei deine Ansichten am besten vertritt. Das kann dir helfen, die Entscheidung, wem du dein Kreuz gibst, erleichtern.

- Du hast nicht die Möglichkeit vor Ort im Wahllokal zu wählen? Dann stelle rechtzeitig den Antrag zur Briefwahl, mit der du praktisch vorab per Brief wählen kannst, ohne persönlich dafür erscheinen zu müssen. Den Antrag erhältst du zusammen mit der Wahlbenachrichtigung.

- In der Wahlbenachrichtigung erfährst du ebenfalls, wann, wo und wen du alles wählen kannst.

- Nimm die Wahlbenachrichtigung und deinen Personalausweis zur Wahl mit.

9.2. Testament und Prozesse

Ab jetzt darfst du auch ein Testament aufsetzen. Vermutlich gibt es noch nicht so viel, was du vererben könntest und du machst dir wahrscheinlich zu Recht wenig Gedanken über den Tod. Aber falls du wertvolle Dinge (ein Haustier) besitzt, oder gar ein Kind hast, ist vorausschauendes Verhalten eine gute Idee. Auch wenn du dich mit 18 Jahren relativ unverwundbar fühlst, weiß letztendlich niemand, wie lange das eigene Leben dauert.

> Vorsorge ist immer die bessere Alternative, denn sie entlastet Hinterbliebene und du hast die Sicherheit, dass deine wichtigen Angelegenheiten für den Ernstfall geregelt sind.

Außerdem kannst du nun mit dem Gesetz in Berührung kommen. Du kannst andere Menschen verklagen oder selbst verklagt werden. Es kann dir passieren, als Zeuge (auch ohne Einwilligung und Begleitung deiner Eltern) vor Gericht aussagen zu müssen.

9.3. Du bist voll strafmündig

Wenn du jetzt etwas Gravierendes falsch machst, ist das kein Jugendstreich mehr. Für Straftaten droht dir nicht mehr nur das Jugendgericht (wo es meist wesentlich milder zugeht), sondern du wirst in vollem Umfang zur Rechenschaft gezogen. In manchen Fällen entscheiden Richter und Richterinnen aber immer noch nach Jugendstrafrecht, wenn du zum Beispiel nicht reif genug erscheinst, um dein Vergehen in vollem Umfang zu verstehen. Darauf darfst du dich aber nicht verlassen! Generell solltest du natürlich niemals mit dem Gesetz in Konflikt geraten. Denn ab jetzt wird es nochmal wesentlich ernster: du kannst im Gefängnis landen oder empfindliche Geldstrafen zahlen müssen. Ebenso stehen deine Vergehen stehen für immer in deinem polizeilichen Führungszeugnis!

9.4. Spielhallen und Medien

Du darfst nun überall hinein, wo ein großes 18-Schild am Eingang hängt. Das bedeutet zum Beispiel in Bars, Spielhallen und die nicht-jugendfreie Abteilung in Videotheken (sollte es solche überhaupt noch geben). Du darfst im Kino nun Filme ab 18 schauen und dir Filme oder Videospiele bestellen, die ebenfalls nur nach Vorlage des Ausweises vom Postboten rausgegeben werden dürfen. Kurz gesagt bist du ab jetzt völlig selbst dafür verantwortlich, was du dir zumutest (seien es Medien, Alkohol oder eventuell süchtig machende Spiele).

> Trag diese Verantwortung mit Umsicht und zieh dir jetzt nicht plötzlich alles rein, was du bisher nicht durftest.

Es hat gute Gründe, warum es so viele Zensierungen und Altersbegrenzungen gibt. Taste dich nach und nach heran und probiere aus, wofür du dich wirklich "alt genug" fühlst.

9.5. Geschäftsfähigkeit

Bisher warst du nur beschränkt geschäftsfähig. Das bedeutet, dass auf allen Verträgen (etwa Kaufverträgen, Handyverträgen oder dem Ausbildungsvertrag) ein Erziehungsberechtigter mitunterschreiben musste. Letztendlich war es sogar so, dass größere Einkäufe, die du getätigt hast, jederzeit von deinen Eltern rückgängig hätten gemacht werden können. Denn als minderjährige Person warst du nicht voll geschäftsfähig. **Ab jetzt zählt deine alleinige Unterschrift!**

Das gibt dir mehr Entscheidungsfreiheit. Aber du musst auch wesentlich aufmerksamer sein und darfst auf keinen Fall naiv alles unterschreiben, was dir vorgelegt wird! Denn hast du erst einmal unterschrieben, gelten dein Name und dein Wort. Im Ernstfall musst du dich an geschlossene Verträge halten und kannst dann nicht mehr sagen "Das wusste ich nicht, dafür bin ich noch zu jung". Wenn es um große Entscheidungen geht, lässt du also besser noch eine Zeit lang eine erfahrene Person drüber schauen und prüfen, ob dir etwas entgangen ist. Denn du wirst nicht über Nacht zu einem kompetenten und mit allen Wassern gewaschenen Erwachsenen.

9.6. Jetzt schon heiraten?

Tatsächlich dürftest du von nun an dein Ja-Wort geben und wärst dann wirklich gesetzlich verheiratet. Das klingt zunächst sehr romantisch, aber eine vorschnelle Hochzeit aus Liebe (ohne die Konsequenzen zu bedenken) endet leider meistens in einer teuren und schmerzhaften Scheidung.

Heiraten sollte nur, wer in einer beständigen, zuverlässigen und erprobten Beziehung lebt, in der bereits alle Höhen und Tiefen vorkamen. Nur dann kannst du sicher sein, dass du wirklich lange (im besten Fall für immer) mit diesem Menschen dein Leben teilen willst und kannst.

> Denn eine Hochzeit ist mehr als nur ein romantischer Liebesbeweis. Es ist die gesetzlich gültige Erklärung, dass du bereit bist, für den anderen Menschen einzustehen.

In guten wie in schlechten Zeiten. Das bedeutet Pflege bei Krankheit (auch wenn diese sich für lange Zeit oder sogar für immer hinzieht) ebenso wie das Teilen der finanziellen Verantwortung (auch wenn Ehemann/Ehefrau nur Schulden macht). Wenn du also vorhast, schon sehr jung zu heiraten, dann prüfe deine Beziehung erst einmal über Jahre und warte ein paar Krisen ab, bevor du euch eine rechtlich bindende Ehe zutraust.

Nachwort

Nun bist du am Ende dieses Ratgebers angelangt. Du hast entweder alle Kapitel durchgearbeitet oder dir punktuell einzelne Kapiteln herausgesucht, bei denen du den größten Nachholbedarf hast. Du hast die Theorie erarbeitet und vielleicht bereits die ersten Empfehlungen in die Praxis umgesetzt. Nun liegt es an dir, die weiteren Weichen für eine erfolgreiche Zukunft zu stellen. Sei geduldig mit dir und erwarte nicht, dass es wie am Schnürchen läuft.

Vielleicht ist auch jetzt der richtige Zeitpunkt, um (nochmals) das **Kapitel „Ziele setze, Pläne schmieden & Selbstbewusstsein entwickeln“** durchzuarbeiten. Denn dieses Kapitel bildet das wichtige Fundament für alle Lebensbereiche.

Wir wünschen dir viel Spaß und Erfolg beim Verwirklichen deiner Träume als junger Erwachsener.

Bildnachweis

© Depositphotos Inc: OneLineStock, monkeybusiness, Rimm-Art

Haftungsausschluss

Die Benutzung dieses Buches und die Umsetzung der darin enthaltenen Informationen erfolgt ausdrücklich auf eigenes Risiko. Der Verlag und auch der Autor können für etwaige Unfälle und Schäden jeder Art aus keinem Rechtsgrund eine Haftung übernehmen. Haftungsansprüche gegen den Verlag und den Autor für Schäden materieller oder ideeller Art, die durch die Nutzung oder Nichtnutzung der Informationen bzw. durch die Nutzung fehlerhafter und/oder unvollständiger Informationen verursacht wurden, sind grundsätzlich ausgeschlossen. Rechts- und Schadenersatzansprüche sind daher ausgeschlossen.

Das Werk inklusive aller Inhalte wurde unter größter Sorgfalt erarbeitet. Der Verlag und der Autor übernehmen jedoch keine Gewähr für die Aktualität, Korrektheit, Vollständigkeit und Qualität der bereitgestellten Informationen. Druckfehler und Falschinformationen können nicht vollständig ausgeschlossen werden. Der Verlag und auch der Autor übernehmen keine Haftung für die Aktualität, Richtigkeit und Vollständigkeit der Inhalte des Buches, ebenso nicht für Druckfehler. Es kann keine juristische Verantwortung sowie Haftung in irgendeiner Form für fehlerhafte Angaben und daraus entstandenen Folgen vom Verlag bzw. Autor übernommen werden.

Impressum

Lena Bergmann wird vertreten durch
Workoutcheck e.U.
Kristin Scherzer
Eingetragenes Einzelunternehmen
Onlinehandel mit Waren aller Art
FN: 477653g, FB-Gericht: Wien
1020 Wien, Am Tabor 31/19 - Austria
tini.scherzer@gmail.com
Mitglied der WKÖ, Bundesgremium Versand-, Internet- und allgemeinen Handel
Freies Gewerbe
Gewerbeordnung: www.ris.bka.gv.at

Printed in Germany
by Amazon Distribution
GmbH, Leipzig

24410468R00082